Grusel & Co
DER CLUB

D1932525

Paul van Loon,
geboren 1955, ist in den Niederlanden der große Star der Kinderliteratur und der Vater des neuen Gruseltrends. Ursprünglich wollte er Illustrator werden und lernte an einer Kunstakademie auch das Zeichnen.
Doch anstatt einzelner Bilder brachte er immer häufiger ganze Geschichten aufs Papier – so wurde er zum Schriftsteller.
In den letzten Jahren hat er sich vor allem auf das Schreiben von Gruselgeschichten spezialisiert.

Paul van Loon

DIE STUNDE DES VAMPIRS

Aus dem Niederländischen
von Eva Schweikart

Mit Bildern von
Camila Fialkowski

Arena

Der Titel der Originalausgabe lautet
»Vampier in de school« und ist bei Elzenga, Amsterdam, erschienen.
© 1990 by Paul van Loon
Elzenga, Amsterdam

In neuer Rechtschreibung

1. Auflage 2001
© by Arena Verlag GmbH, Würzburg 2001
Alle Rechte vorbehalten
Übersetzung: Eva Schweikart
Einband und Innenillustrationen: Camila Fialkowski
Gesamtherstellung: Westermann Druck Zwickau GmbH
ISBN 3-401-05073-7

INHALT

1. *Alpträume*	7
2. *Eine knochige Hand*	17
3. *Vom Vampir gebissen*	22
4. *Schlaflose Nacht*	25
5. *Das Ding vor dem Fenster*	32
6. *Niemand glaubt mir*	39
7. *Die Entdeckung*	44
8. *Wie eine Ratte in der Falle*	48
9. *Auf der Flucht*	55
10. *Sara*	59
11. *Angriff der Fledermäuse*	64
12. *Gerettet*	68
13. *Es geht ums Ganze*	71
14. *Das Geheimnis des Nachtwächters*	75
15. *Edje dreht durch*	80
16. *Wird Opa senil?*	86
17. *Die Jagd beginnt*	90
18. *Die Leiche im Keller*	95
19. *Der Sarg des Vampirs*	98
20. *Das Monster im Sarg*	101
21. *Eine wilde Fahrt*	107
22. *Sara verschwindet*	110
23. *Die Vorstellung*	115
24. *Die Vampirlinie*	124
Keine gute Idee	128

1. ALPTRÄUME

In der letzten Woche vor den Weihnachtsferien fällt Jacko zum ersten Mal auf, dass mit seinem Freund Edje Post etwas nicht stimmt. Sie sind beide in der siebten Klasse des Stoker-Gymnasiums. Es ist ein grauer Montagmorgen Mitte Dezember und Schnee liegt in der Luft. Um acht Uhr steht Jacko vor Edjes Haustür und klingelt. Edjes Vater macht auf. Er ist ein großer, dicker Mann mit Stoppeln am Kinn.

»Guten Morgen, Herr Post. Ist Edje fertig?«

Edjes Vater fährt sich durchs Haar und gähnt. »Keine Ahnung, Jacko. Ich bin selber gerade erst aufgestanden und hab ihn heute noch nicht gesehen.« Er wendet sich um und brüllt in Richtung Treppe: »Edje! Jacko ist da! Du musst in die Schule!«

Von oben kommt keine Antwort.

Edjes Vater zuckt mit den Schultern. »Vielleicht liegt er noch in der Falle. Geh doch rasch nach oben und klopf mal an seine Tür, Jacko! Ich bin gerade beim Frühstücken.«

»Wird gemacht, Herr Post.« Jacko stellt seine Schultasche im Flur ab und geht die Treppe hinauf.

Edjes Vater schlurft zurück in die Küche.

Im Haus ist es ganz still. Edjes Mutter ist schon zur Arbeit gegangen und Geschwister hat er keine, genau wie Jacko. Oben an der Treppe knarren die Stufen unter Jackos Schritten. Aus Edjes Zimmer ist kein Laut zu hören.

Hoffentlich hat er nicht verpennt, denkt Jacko. Dann verpassen wir den Bus um halb neun. Er klopft an die Zimmertür.

»Edje, wir müssen in die Schule.« Keine Antwort. Jacko klopft

nochmals und öffnet dann die Tür. Das Zimmer liegt im Halbdunkel. Die Vorhänge sind noch zugezogen. Auf dem Bett sieht Jacko etwas Dunkles, Formloses.
Er seufzt. Edje hat also tatsächlich verschlafen! Jacko geht durch das dämmrige Zimmer zum Fenster und zieht mit einer ärgerlichen Bewegung die Vorhänge zurück. Er hat keine Lust, den Bus zu verpassen, nur weil sein Freund so faul ist. Graues Morgenlicht fällt ins Zimmer. Das Fenster ist ein Stück offen und der kalte Wind bauscht die Gardinen.
»Jetzt aber raus, du Faultier«, sagt Jacko. Er dreht sich zum Bett um und zieht mit einem Ruck die Decke zur Seite.
Das Bett ist leer.

Jacko runzelt die Stirn. Seltsam. Edjes Kleider hängen unordentlich über einem Stuhl und seine Socken liegen neben dem Bett auf dem Fußboden. Jacko kann sie riechen. Sie verströmen ganz gewiss keinen Veilchenduft. Aber wo mag Edje sein? Unten ist er nicht, sonst hätte sein Vater ihn schließlich gesehen. Jacko schaut zum offenen Fenster hinüber. Es scheint fast, als wäre Edje auf geheimnisvolle Weise im Pyjama durchs Fenster verschwunden. Das wäre ja irre! Aber soviel Jacko weiß, kann Edje nicht fliegen. Nachdenklich betrachtet er das Fenster. Die Scheibe ist verschmiert und voller Fingerabdrücke und Kratzer. Die könnte auch mal wieder geputzt werden, denkt Jacko. Da hört er hinter sich ein schwaches Stöhnen. Er dreht sich um, aber es ist niemand im Zimmer. Plötzlich schließt sich eine eiskalte Hand um seinen Fußknöchel und Jacko schreit entsetzt auf.
»Mach bitte nicht so 'nen Lärm«, murmelt Edje, »mir platzt fast der Schädel.« Ächzend kriecht er unter dem Bett hervor.
»Bitte vielmals um Entschuldigung«, sagt Jacko. »Ist ja schließlich die normalste Sache der Welt, dass du unterm Bett liegst und

mich mit deinen kalten Flossen am Fuß packst. Was um Himmels willen treibst du da unten?«

Stöhnend hievt Edje sich aufs Bett und hebt abwehrend die Hände. »Mach die Vorhänge zu. Das grelle Licht tut mir in den Augen weh.« Er wendet das Gesicht vom Fenster ab. Das Weiße in seinen Augen ist blutunterlaufen, als wären zig Äderchen geplatzt.

»Warst du gestern Abend etwa an der Hausbar von deinem Vater?«, fragt Jacko.

Edje stöhnt wieder auf und steckt den Kopf unter die Decke. »Mach jetzt das Fenster zu und die Vorhänge auch. Ich erfriere hier noch!«

»Wie der Herr wünschen.« Jacko schließt das Fenster und zieht die Vorhänge zu. »Aber du hast mir noch nicht erzählt, was du da unterm Bett gemacht hast.«

»Hab keine Ahnung«, murmelt Edje unter der Decke hervor. »In letzter Zeit passiert mir das öfter. Aus irgendeinem Grund steige ich im Schlaf aus dem Bett, und wenn ich aufwache, liege ich darunter. Ich glaube, das kommt alles von diesen Alpträumen.«

»Alpträume?«

Edje ist jetzt wach genug, um seine Kleider zusammenzusuchen und sich anzuziehen. »Ich erzähl's dir nachher im Bus«, sagt er. Mit einem Bein in der Hose hinkt er durchs Zimmer und wurstelt sich gleichzeitig mit den Armen in seinen Rollkragenpulli.

Wie durch ein Wunder erwischen sie den Bus um halb neun doch noch. Allerdings muss Edje ohne Frühstück los, aber er meint, er habe ohnehin kaum Appetit. Irgendwie sei ihm übel.

Er sieht bleich und mager aus und kneift ständig die Augen zu schmalen Schlitzen zusammen. Offenbar macht ihm das Licht noch immer zu schaffen.

Richtig wach wirkt er nicht, denn er gähnt in einem fort.

»Uuuaaah, wie mir die Schule stinkt«, sagt er. »Jammerschade um die wertvolle Zeit, die man mit Lernen vergeuden muss. Und dann lassen sie einen nicht mal zu Hause in Ruhe. War er auch schon bei euch?«

»Wer?«

»Der Rektor. Er macht bei allen aus der Siebten einen Hausbesuch. Vorige Woche war er abends bei uns. Will sich über die Familienverhältnisse der Schüler informieren. Kommt dir das nicht auch schwer übertrieben vor?«

Jacko zuckt mit den Schultern.

»Ich finde, das ist reinste Schikane«, sagt Edje. »Allmählich hab ich das Gefühl, ich werde Tag und Nacht beobachtet.«

Jacko lacht über die düstere Miene seines Freundes. »Wer übertreibt denn jetzt!?«

Der Bus fährt durch die ruhigen Außenbezirke der Stadt. Edje hängt mit geschlossenen Augen schräg auf seinem Sitz.

Jacko stößt ihn an. »He du, nicht einschlafen! Erzähl mir von deinen Alpträumen. Du hast mich neugierig gemacht.«

Edje seufzt und schirmt die Augen mit der Hand ab. »In letzter Zeit hab ich ständig Alpträume. Das heißt, eigentlich ist es immer wieder der gleiche Traum. Es geht darin um einen Vampir.«

Jacko zieht eine Augenbraue hoch. »Um einen Vampir?«

Edje nickt. »Jede Nacht träume ich dasselbe. Ich wache im Stockfinstern auf. Dann klopft es am Fenster. Ich steige aus dem Bett und gehe hin. Ich will das nicht, aber ich muss. Irgendwas zwingt mich dazu. Ich ziehe die Vorhänge auf und dann sehe ich ihn. Sein Gesicht ist so bleich wie der Mond. Die Augen sind rot. Ich muss ihn immerzu anstarren. Dann macht er den Mund auf und ich sehe seine Zähne. Grässlich, sag ich dir. Viel zu groß für seinen Mund. Er legt den Kopf schräg und beugt sich zu meinem Hals.«

Edje zittert nun am ganzen Leib. »In dem Moment hört der Traum immer auf. Alles wird schwarz und morgens wache ich total erschöpft auf. Oft liege ich unterm Bett, als hätte ich mich dort vor dem Traum verstecken wollen. Manchmal ist mir sogar richtig schlecht.« Er seufzt und zuckt mit den Schultern. »Schön blöd, was? Vampire sind doch Phantasiewesen. Sie existieren nicht. Aber nachts, wenn ich im Bett liege, kommt mir das alles so unglaublich echt vor.«

Jacko wirft Edje einen besorgten Blick zu. Er selbst ist mit Geschichten über Vampire und Werwölfe aufgewachsen. Seine Vorfahren kommen aus Rumänien, einem Land, in dem es nur so wimmelt von Legenden über Untote, über Wesen also, die eigentlich tot sind, die aber dennoch auf der Suche nach Blut – ihrer Nahrung – im Dunkeln umherschweifen. Jackos Opa kennt dutzende solcher Geschichten und er erzählt sie am liebsten, wenn es gerade anfängt, dunkel zu werden. Er behauptet, früher habe es in den Karpaten, einer Gebirgskette in Rumänien, echte Vampire gegeben. Aber davon erzählt Jacko Edje nichts. Er will ihm nicht noch mehr Angst vor seinen Alpträumen machen.

Außerdem ist völlig klar, woher Edjes Träume kommen. Am Freitag, also am letzten Schultag vor den Weihnachtsferien, führen die Schüler der siebten Klasse wie jedes Jahr im Theater ein Bühnenstück auf. Diesmal ist es ein Vampirstück. Eine moderne Version von Dracula. Bestimmt wird es ein richtig schöner Gruselabend; alle freuen sich schon mächtig auf den Freitag. Jacko auch, aber nicht wegen der Aufführung.

Er geht überhaupt nicht hin, denn er findet die Geschichte albern. Am Freitag wird er dreizehn Jahre alt, und das ist auch ein Grund zum Freuen.

Edje spielt eine kleine Rolle in dem Stück: Er ist einer der Helfershelfer des berüchtigten Grafen Dracula und tritt mit einem Vampirgebiss aus Plastik auf.

»Du steigerst dich viel zu sehr in deine Rolle hinein, Edje, das ist

alles«, sagt Jacko. »Vielleicht solltest du besser nicht mitmachen, wenn du Alpträume davon kriegst.«
»Du spinnst wohl«, sagt Edje. »Das ist meine erste Chance, auf der Bühne zu stehen. Und das hab ich schon immer gewollt. Dafür nehme ich die Träume gern in Kauf.«
»Das musst du selber wissen«, sagt Jacko, »aber so, wie du zurzeit aussiehst, hältst du nicht bis Freitag durch.«

Nach der Schule findet im Theater eine Probe statt. Obwohl es Jacko nicht sehr interessiert, hat er Edje versprochen ihn zu begleiten. Edje wirkt noch immer leicht angeschlagen. Im Unterricht hat er die meiste Zeit vor sich hin gedöst. Offenbar hat ihm das gut getan, denn er sieht nicht mehr ganz so müde aus wie am Morgen. Als sie über den Schulhof gehen, gesellt sich Sara zu ihnen. Sie hat widerspenstige rote Locken und beim Anblick ihrer hellblauen Augen bekommt Jacko immer weiche Knie. Sara geht in die Parallelklasse. Sie trägt einen blauen Jogginganzug und hat ihre Sporttasche dabei.
»Hallo, kommst du mit zur Probe?«, fragt Jacko. Sara streicht sich das Haar zurück und lächelt. Manchmal träumt Jacko von diesem Lächeln. Das sind dann allerdings keine Alpträume.
»Geht leider nicht«, sagt Sara. Sie hält die Tasche hoch. »Um Viertel nach fünf muss ich im Sportverein sein.«
»Schade«, meint Jacko und Sara lächelt wieder. Als sie sich gerade abwenden will, fällt ihr Blick auf Edje. »Du spielst sicher den Dracula, was?«
Erschreckt sieht Edje sie an: »Wie kommst du darauf?«
Sara zuckt mit den Schultern. »Ich dachte nur. Du bist so bleich, als hättest du dir das Gesicht geschminkt, damit du wie ein Vampir aussiehst.« Sie hängt sich die Tasche über die Schulter und geht zum Fahrradschuppen. Edje schaut ihr wütend nach.

»Nun guck nicht so«, sagt Jacko. »Das war doch bloß ein Scherz.«
Edje schnaubt verächtlich. »Blöde Weiberscherze!«
»Sara ist nicht blöd«, sagt Jacko. »Ich finde sie echt nett.«
Sie gehen auf das Schultor zu. Um diese Jahreszeit wird es früh dunkel und der Hof ist voller Schatten. Als Jacko durch das Tor auf die Straße schaut, fährt ihm der Schreck in die Glieder. Auf dem Bürgersteig gegenüber stehen drei Gestalten reglos im Licht einer Straßenlaterne. Die Sonnenbrillenbande!, denkt Jacko. Sie warten auf uns! Sie sind wieder da!
Vor über einem Monat waren die drei Jungen, die als Sonnenbrillenbande bekannt sind, auf einmal spurlos verschwunden. Jacko und Edje haben ihnen keine Träne nachgeweint. Die drei waren der Schrecken des Schulhofs. Sie terrorisierten die Jüngeren aus der Unterstufe. Sie demolierten Fahrräder, kippten den Inhalt von Schultaschen in den Matsch und erpressten sogar Geld. Und wenn man sich bei seinem Klassenlehrer beklagte, schlugen sie einen kurzerhand zusammen. Zur Erleichterung aller tauchten sie eines Tages nicht mehr auf und blieben verschwunden. Niemand wusste, wo sie steckten oder was mit ihnen geschehen war. Jackos Klassenkamerad David Kroon hatte sogar spekuliert, sie seien vielleicht umgebracht worden. Allgemein aber dachte man, die drei hätten sich aus dem Staub gemacht, weil sie etwas auf dem Kerbholz hatten. Sie waren schon einmal wegen Einbruchs von der Polizei festgenommen worden. Die Aufregung um ihr Verschwinden hat sich aber bald wieder gelegt und seitdem geht der Schulalltag wieder seinen gewohnten Gang.
Jacko stößt Edje an. »Ich glaube, da drüben stehen die drei von der Sonnenbrillenbande.«
Erschrocken schaut Edje zur Straße. »Wie? Sind die etwa wieder da? Wo denn? Ich sehe nichts.«
Jacko deutet auf den Laternenpfahl, aber jetzt ist der Bürgersteig

leer. Keine Spur mehr von den Jungen. Nur drei Fledermäuse flattern um die Abdeckung der Laterne und verschwinden dann in der Dämmerung.
»Ha ha, guter Witz«, sagt Edje. »Ich hab mich total erschrocken, Mann.«
Jacko kratzt sich am Ohr. »Das war kein Witz. Ich hab wirklich einen Moment lang geglaubt, da stehen sie. Aber wahrscheinlich hab ich mir das eingebildet. Oder es waren drei Jungs, die ihnen ähnlich sehen. Trotzdem, irgendwie ist es seltsam.«
»Was ist seltsam?«
»Hast du die Fledermäuse bemerkt? Um diese Zeit halten sie normalerweise bereits Winterschlaf.«
»Tut mir Leid, Herr Professor, davon verstehe ich nichts«, sagt Edje. »Vermutlich leiden sie unter Schlaflosigkeit oder sie haben Alpträume so wie ich. Was ist jetzt, kommst du mit oder nicht?«

In diesem Augenblick kommt der Nachtwächter durchs Tor. Das Stoker-Gymnasium hat vor einiger Zeit etliche neue Videorekorder und Computer angeschafft. Seitdem hat es schon mehrere Einbrüche gegeben und es wurden Geräte gestohlen. Deshalb hat die Schulleitung einen Nachtwächter eingestellt, der nach dem Unterricht und nachts nach dem Rechten sieht. Er ist ein hagerer Typ und hat pechschwarzes Haar, das an den Wurzeln weiß ist. Jacko vermutet, dass es gefärbt ist. Außerdem trägt er immer eine Sonnenbrille, sodass man seine Augen nicht sieht. Meist hat er einen großen Wolfshund bei sich, der ihn auf seiner Runde durch die Schule begleitet.
Edje zögert, als der Mann mit dem Hund näher kommt.
»Beeil dich, Edje, sonst versäumst du noch die Probe«, sagt Jacko.
Plötzlich hebt der Wolfshund den Kopf. Er knurrt und fletscht die Zähne.

Edje weicht mit einem Schrei zurück, als der Hund ihn mit wütendem Gebell anspringt. Er prallt gegen Jacko. Dieser verliert das Gleichgewicht, die Schultasche rutscht ihm weg, er fällt nach hinten und Edje landet auf ihm. Über die Schulter seines Freundes blickt Jacko dem Wolfshund hilflos ins aufgesperrte Maul. Edje schreit wie am Spieß.

2. EINE KNOCHIGE HAND

Der Nachtwächter reagiert blitzschnell. »Vladimir! Bei Fuß!«, brüllt er. Mit beiden Händen reißt er an der Leine. Das Tier wird nach hinten gezerrt, steht ein paar Augenblicke auf den Hinterbeinen und bellt dabei wie verrückt.

Jacko versucht wegzukriechen, aber Edje liegt noch immer auf ihm und zappelt hilflos mit Armen und Beinen.

Der Nachtwächter zieht langsam die Leine zu sich hin. »Ganz ruhig, Vladimir«, sagt er leise. Mit seiner mageren Hand fährt er dem Hund über das Fell.

Am kleinen Finger des Mannes sieht Jacko einen Ring in Form einer Fledermaus aufblitzen. Der Hund beruhigt sich allmählich durch die ruhige Stimme seines Herrn, aber sein Blick bleibt wachsam auf die beiden Jungen gerichtet und seine Augen glühen feurig.

Jacko schiebt Edje hoch und rappelt sich dann selbst auf. Edje steht unsicher auf den Beinen, doch er wendet den Blick keine Sekunde von dem Hund.

Der Nachtwächter ist in die Hocke gegangen und flüstert dem Tier leise etwas ins Ohr. Dann hebt er den Kopf. Die schwarzen Brillengläser lassen nicht das Geringste von seinen Augen erkennen. Er entschuldigt sich auch nicht wegen des Vorfalls. Mit einer Kopfbewegung gibt er den Jungen zu verstehen, dass sie schnell verschwinden sollen.

Jacko hebt seine Schultasche auf und mit der anderen Hand zieht er Edje mit durchs Tor. Sie rennen den Bürgersteig entlang, bis sie ein ganzes Stück vom Eingang entfernt sind.

»Ich verstehe nicht, wieso dieser Typ mit so 'nem gefährlichen Hund auf den Schulhof darf«, sagt Jacko. »Komischer Vogel übrigens, mit seinen gefärbten Haaren und der Sonnenbrille. Ein Nachtwächter mit Sonnenbrille, hat man so was Verrücktes schon mal gesehen! So sonnig ist es nachts an unserer Schule auch wieder nicht.« Jacko versucht sich locker zu geben, obwohl ihm noch immer die Knie zittern.
»Er hatte es auf mich abgesehen«, sagt Edje mit Bibberstimme. »Ich hab keine Ahnung, warum, aber der Hund hatte es auf mich abgesehen. Das hab ich gespürt. Ich hab seinen Hass gespürt.«
»Spinnst du, Edje? Hunde wissen überhaupt nicht, was Hass ist. Das Vieh ist ganz einfach durchgedreht und der Typ hat so getan, als wären wir daran schuld, dieser Idiot.«
Im Weitergehen schaut Jacko sich noch einmal zum Schultor um. Hinter den Gitterstäben erkennt er das Gesicht des Nachtwächters mit der dunklen Brille. Er sieht ihnen nach. Der große Wolfshund steht daneben und leckt ihm die Hand.

Der Bus ist weg und sie müssen eine halbe Stunde auf den nächsten warten. Als sie am Theater ankommen, hat die Probe bereits angefangen.
»Du kommst zu spät, Edje«, sagt Herr Lobit, »die Szene, bei der du mitmachst, ist schon vorbei.«
Herr Lobit gibt Niederländisch und ist der Regisseur des Theaterstücks. Die Geschichte hat er sich selbst ausgedacht. Er wirft Jacko einen merkwürdigen Blick zu. »Sieh mal an, Jacko. Du willst wohl bei der Probe zugucken. Schade, dass du in unserem Stück nicht mitspielst.«
»Ich spiele nicht gern Theater, Herr Lobit«, sagt Jacko. Dass er keine Lust hat, weil er die Geschichte langweilig findet, verschweigt Jakob seinem Lehrer in diesem Moment lieber. Aus

diesem Grund will er auch am Freitag nicht zur Vorstellung kommen.
Das Stück hat mit der ursprünglichen Dracula-Geschichte außer dem Namen des Vampirs nichts gemeinsam. In Herrn Lobits Stück wacht ein Vampir namens Dracula in seinem Sarg auf, weil er Zahnschmerzen hat. Ein paar andere Vampire, darunter Edje, raten ihm zum Zahnarzt zu gehen. Also klopft er mitten in der Nacht bei einem Zahnarzt. Der ist jedoch ein gewitzter Bursche: Er lässt den Vampir auf dem Behandlungsstuhl Platz nehmen und verpasst ihm eine ordentliche Betäubung. Als Dracula wieder aufsteht, hat er keinen einzigen Zahn mehr im Mund. Am Ende lässt er sich von dem Zahnarzt ein künstliches Gebiss anfertigen, damit ihn die anderen Vampire nicht auslachen.
Herr Lobit ist mächtig stolz auf sein Stück, aber Jacko hält es für ausgemachten Blödsinn. Ein Vampir mit einem künstlichen Gebiss! Hat man je so was Lächerliches schon gehört! Da sind Opas Vampirgeschichten ein anderes Kaliber. In einer richtigen Vampirgeschichte muss Blut fließen. Aber Erwachsene wie Herr Lobit glauben, so etwas sei für Kinder zu grausam.
»Du kommst doch hoffentlich am Freitag zur Aufführung«, sagt Herr Lobit und sieht Jacko dabei eindringlich an. Jacko zuckt mit den Schultern und murmelt etwas Unverständliches.

Da heute die vorletzte Probe angesetzt ist, hat Edje nur noch eine Möglichkeit, seine Rolle einzuüben. Am Freitag wird dann die ganze Schule zusehen, auch der Rektor und alle Lehrer.
Auf der Bühne stehen die Darsteller im Kreis um Herrn Lobit.
»Bis jetzt läuft das noch nicht so toll«, kritisiert er. »Ihr müsst euren Text besser auswendig lernen.« Der Schweiß steht ihm auf der Stirn und er fuchtelt hektisch mit seinen mageren, weißen Händen herum. »Der Rektor persönlich hat mir vorgeschlagen dieses

Jahr etwas zum Thema Vampire zu machen, weil er weiß, dass ihr ganz versessen auf solche Geschichten seid. Er erwartet, dass ihr euch größte Mühe gebt. Nun passt mal alle gut auf ...« Er wirft einen Blick in die Runde. »Wo steckt eigentlich Damian? Kinder, so sind wir um acht noch nicht fertig! Alex, nimm sofort den Kaugummi aus dem Mund, Vampire kauen keinen Kaugummi.«
Jacko seufzt. Die Probe ödet ihn ziemlich an. Unbemerkt huscht er seitlich am Podium an einem schwarzen Samtvorhang entlang und steht hinter der Bühne. Das Theater zu erkunden scheint ihm weitaus interessanter, als Lobits Gequatsche anzuhören.
Hinter der Bühne ist es dunkel. Fast wäre Jacko über die Kabel und einen herumstehenden Hocker gestolpert. Durch eine Seitentür gelangt er in den Flur mit den Garderoben. An der Decke flackert eine halb kaputte Leuchtstoffröhre. Sie geht ständig an und aus. Am Ende des Flurs sieht Jacko eine Tür, auf der er mit Mühe die Aufschrift »Magazin« entziffern kann. Er geht auf die Tür zu, macht sie auf und späht neugierig in den Raum. Dort ist es nicht ganz so dunkel. Oben an einer Wand ist ein kleines Fenster, durch das Licht von einer Straßenlaterne hereinfällt. Das Magazin ist voller Kulissen, die für die Vorstellungen gebraucht werden. Bäume aus Hartfaserplatten, Autos, Mülltonnen, Schlösser, gemalte Berge. Sogar Schafe sieht Jacko und einen großen Mond aus Karton. Alles ist aufgemalt oder ausgeschnitten und sieht aus wie in einem Comicstrip. Vor einem Gartenzaun aus Sperrholz steht ein Sarg. Der wird natürlich für das Stück gebraucht, denkt Jacko. Komisch, dass er nicht auf der Bühne steht. Jacko geht zu dem Sarg hin und klopft auf den Deckel. Es klingt hohl. Inmitten der Bäume, Schlösser und gemalten Berge sieht der Sarg gespenstisch echt aus. Wo haben die das Ding bloß her?, denkt Jacko. Etwa aus dem Ausverkauf eines Bestattungsunternehmens? Heute im Angebot: Särge zum Sonderpreis! Er lacht leise. Auf einmal

knarrt etwas. Der Sargdeckel verrutscht ganz langsam, bis ein schmaler Spalt zu sehen ist. Jacko schreit auf und macht einen Satz nach hinten. Eine Hand mit knochigen Fingern schiebt sich durch den Spalt. Die Finger bewegen sich wie Spinnenbeine und lange, klauenartige Nägel kratzen über das Holz. Langsam öffnet sich der Deckel weiter.

Wieder stößt Jacko einen Schrei aus. Etwas hat ihn an der Schulter getroffen. Es war einer der Bäume. Jacko taumelt, balanciert auf einem Bein, verliert endgültig das Gleichgewicht und fällt nach hinten. Polternd stürzen Bäume, Berge, Schlösser, Schafe und der Mond auf ihn herab. Aus dem Sarg erhebt sich eine Gestalt in einem weiten Mantel.

3. VOM VAMPIR GEBISSEN

Es ist ein Vampir. Ganz eindeutig. Jacko liegt unter den schweren Kulissen und kann sich nicht rühren. Er sieht den Vampir auf sich zukommen. Im schwachen Licht wirkt sein Gesicht so weiß, dass man meinen könnte, er hätte eine Schönheitsmaske aufgelegt. Jackos Mutter schmiert sich manchmal solches Zeug aufs Gesicht und sieht dann richtig unheimlich aus. Der Vampir ergreift die Zipfel seines Mantels und wedelt damit, als wollte er davonfliegen. Doch stattdessen bricht er urplötzlich in Gelächter aus. Jacko erkennt ihn an der Stimme und kommt sich total lächerlich vor. Das Blut steigt ihm ins Gesicht.

»Hast dich erschrocken, Jacko, was?«, quietscht der Vampir.

Es ist Damian Valen, der in dem Theaterstück die Rolle des Dracula spielt. Wie konnte ich nur so blöd sein?, denkt Jacko wütend. Mich von Damian auf die Schippe nehmen lassen, der es bestimmt auch noch allen auf die Nase binden wird. Daran sind nur Edjes Geschichten schuld. Unbewusst hat sich Jacko von den Alpträumen seines Freundes beeinflussen lassen und deshalb ist er auf Damians albernen Scherz hereingefallen. Der falsche Vampir hat vor lauter Lachen Schluckauf bekommen. Er streift sich die Gummiklaue von der Hand.

»Das wollte ich schon immer mal«, kichert er. »Wie ein echter Vampir aus dem Sarg steigen und jemandem einen Schrecken einjagen. Du hast dir doch hoffentlich nicht wehgetan?« Damian zieht die Kulissen weg und hilft Jacko beim Aufstehen.

Jacko fühlt sich so gedemütigt, dass er kein Wort sagt.

Damian klopft ihm freundschaftlich auf die Schulter. »Mensch,

Jacko, das war doch bloß ein Scherz. Ich wollte nur mal testen, ob ich als Vampir echt genug wirke.«
»Das ist dir jedenfalls gelungen«, murmelt Jacko und klopft sich das Sägemehl vom Pulli.
Um sein Gesicht zu wahren, sagt er: »Warum steht der Sarg denn nicht auf der Bühne? Ihr probt doch, oder?«
»Wir proben ohne Sarg«, sagt Damian. »Das Ding ist viel zu schwer, um es jedes Mal hin- und herzuschleppen. Erst am Freitag stellen wir ihn aufs Podium. Der ist nämlich echt. Lobit hat ihn irgendwo aufgetrieben. Komisches Gefühl, in einem Sarg zu liegen.«
»Kann ich mir vorstellen«, sagt Jacko.

Im Flur sind Schritte zu hören. »Damian, wo steckst du?« Es ist Herrn Lobits Stimme; sie klingt ärgerlich.
»Ach du dickes Ei«, sagt Damian und verlässt rasch das Magazin.
Jacko geht wieder in den Saal.
»Tut mir Leid, Herr Lobit«, hört er Damian sagen. »Ich war auf dem Klo.«
Jacko geht das Treppchen vom Podium hinab zu Edje, der im dunklen Saal in der vordersten Reihe sitzt.
»Ich geh nach Hause, ich hab genug von Vampiren«, sagt Jacko.
»Wieso? Ist was passiert?« Edje streckt sich und gähnt. Er hat ein makelloses Gebiss. Seine Eckzähne allerdings sehen enorm scharf aus und blitzen gefährlich im Licht der Bühne. Mit zwei Fingern zieht Edje den Kragen seines Rollis nach unten und kratzt sich am Hals.
Jacko blinzelt und starrt dann Edjes weißen Hals an.
Direkt über dem Pulloverkragen sieht er zwei rote Punkte, winzig kleine Löchlein mit rotem Rand, so scheint es. Als wäre Edje von etwas gebissen worden. Ein fürchterlicher Gedanke kommt Jacko:

In den Geschichten beißen die Vampire ihre Opfer immer in die Halsschlagader.

Edje zieht seinen Rollkragen wieder hoch.

»Was ist denn, Jacko?«

Er wirft Jacko einen fragenden Blick zu. Seine Augen sind rot verschleiert.

Jacko fasst sich wieder. »Nichts Besonderes. Ich bin einfach nur müde und möchte nach Hause. Wir sehen uns morgen.« Dann verlässt er, so schnell er kann, den Theatersaal. Auf der Straße atmet er begierig die frische Luft ein und sein Kopf wird wieder klarer. Ich muss mich getäuscht haben, denkt er. Das kommt alles durch dieses Theaterstück und Edjes Alpträume und Damians gemeinen Streich. Aber den ganzen Nachhauseweg über muss er an Edjes Hals mit den zwei roten Stellen denken und an seine Eckzähne, die so scharf ausgesehen haben. Wer von einem Vampir gebissen wird, verwandelt sich allmählich selbst in einen Vampir. Früher kam so etwas vor. In den Karpaten, in Rumänien. Aber doch nicht hier in Holland. Das gibt's doch nicht. Ein Vampir kann doch nicht einfach aus einem Alptraum hervorkommen und zum Leben erwachen.

4. SCHLAFLOSE NACHT

Junge, du bist ja ganz bleich«, sagt Jackos Mutter, als er die Küche betritt. Im Schein einer weißen, schüsselförmigen Hängelampe sitzt sie am Küchentisch, ihr gegenüber Jackos Opa in seinem verschlissenen Morgenmantel. Sie bewohnen zu dritt ein Reihenhaus. Jackos Vater ist vor zwei Jahren während eines Sturms umgekommen. Bei seiner Arbeit als Schweißer auf einer Bohrinsel war er einfach ins Meer geweht und nie mehr gefunden worden.

Opa schiebt Jacko einen Stuhl hin. »Setz dich, mein Junge«, sagt er freundlich. »Offenbar hast du einen harten Tag hinter dir.« Beim Lächeln zeigt er viel rosa Zahnfleisch. Aus irgendeinem unerfindlichen Grund trägt er sein Gebiss nie, deshalb sieht er ein wenig wie eine vergnügte Kröte aus, wenn er lacht. Opa ist schon sehr alt. Sein Gesicht ist voller Falten und Leberflecke, genau wie seine Hände. Er selbst sagt, er sei fünfundachtzig, aber Jackos Mutter meint, das habe er vor zehn Jahren auch schon gesagt. »In meinem Alter kommt es auf die Anzahl der Jahre nicht mehr an«, sagt er immer. »Hauptsache, man lebt.« Opa hat allerdings eine sehr merkwürdige Lebensweise. Tagsüber lässt er sich nie sehen. Da bleibt er einfach im Bett liegen. Gegen Abend kommt er in seinem verschlissenen Morgenmantel herunter, um ein bisschen zu plaudern. Trotz seines hohen Alters geht er einem ausgefallenen Hobby nach: Er ist in einem Bogenschützenverein für Senioren. FVT heißt der Verein. Jacko hat keine Ahnung, was die Abkürzung bedeutet. Fidel, verrückt und tüdelig, behauptet Opa, wenn man ihn fragt. Einmal die Woche macht er sich abends mit seinem Bogen auf den Weg. Jacko muss immer ein wenig grinsen, wenn er sich vorstellt, wie die alten Herrschaften mit zittrigen Händen versuchen eine Schießscheibe zu treffen. Hoffentlich schießen sie einander nicht irgendwann mal aus Versehen tot, denkt er mitunter. »Bei uns im Verein gibt es ein paar sehr nette Damen«, flüstert Opa manchmal. »Sie sind zwar nicht mehr ganz bügelfrei, aber in meinem Alter muss man nehmen, was man kriegen kann, Jacko. Etliche von den Damen finden mich ausgesprochen charmant. Aber lass das deine Mutter nicht hören!« Jacko mag seinen Opa riesig gern.

Mutter gießt Jacko eine Tasse Tee ein. »Was ist denn mit dir, Jacko? Du siehst aus, als hätte dich was ganz furchtbar erschreckt.«
Jacko hat keine Lust, von seiner Blamage im Theater zu erzählen.
»Mit Edje stimmt was nicht«, sagt er und nimmt die warme Teetasse in beide Hände. »Er hat ganz merkwürdige Alpträume von einem Vampir, der immer wieder zu ihm ins Zimmer kommt. So wie Edje aussieht, könnte man glatt meinen, das Ganze wäre gar kein Traum. Und als wir heute aus der Schule rausgegangen sind, hat uns zu allem Überfluss auch noch ein wild gewordener Hund angefallen.« Beim Gedanken an den Vorfall durchläuft Jacko ein Zittern. »Zum Glück hat er uns nicht gebissen, sonst hätte ich jetzt die Tollwut und säße mit Schaum vor dem Mund hier am Tisch.«
»Kein Wunder, dass du so blass bist«, sagt Mutter. »Mein armer Junge. Zum Glück ist es noch mal gut gegangen.«
»Ich mache mir aber Sorgen um Edje«, sagt Jacko. »Wenn nun tatsächlich ein Vampir hinter ihm her ist . . .«
»Jetzt aber Schluss, Jacko. Vampire gibt es nicht, das weißt du so gut wie ich.« Jackos Mutter ist eine bodenständige Frau, sehr nüchtern und realistisch. In ihren Adern fließt kein rumänisches Blut so wie bei Opa und Jacko und seinem Vater. Meist regt sie

sich auf, wenn Opa blutrünstige Vampirgeschichten erzählt. Auch jetzt wirft sie ihm einen wütenden Blick zu. »Da siehst du es, Opa. Das kommt von diesen blödsinnigen Geschichten. Der Junge glaubt am Ende noch, es gäbe wirklich Vampire.«
Opa hüstelt und stemmt sich mühsam hoch. »Ich glaube, es ist Zeit, dass ich mich in meinen guten Anzug werfe. Die Damen vom Bogenschützenverein warten bestimmt schon sehnsüchtig auf mich.« Er zwinkert Jacko zu und schlurft aus der Küche.
»Geh heute früh schlafen, Jacko«, sagt Mutter. »Ich möchte nicht, dass diese merkwürdigen Geschichten sich auch noch auf deine Gesundheit auswirken.«
»Ist gut, Mutti.« Jacko gibt ihr einen Gutenachtkuss und geht die Treppe hinauf zu seinem Zimmer.

Jacko liegt auf dem Bett und hat die Arme unter dem Kopf verschränkt. Er starrt zum Fenster hinüber. Draußen ist Vollmond. Die prähistorischen Tiere seiner Sammlung werfen unheimliche Schatten an die Wände. Leise flüstert Jacko ihre Namen vor sich hin. Das macht er immer, wenn er nicht einschlafen kann. Die Namen klingen wie Zauberformeln. »Monoclonius, Brachiosaurus, Triceratops, Pterodactylus.« Er hat sie alle selbst zusammengebaut und bemalt. Manche Arten gibt es nur als Skelette. Zu gern hätte er auch einen Diplodocus in seiner Sammlung, aber die Bausätze von prähistorischen Tieren sind nicht billig. Vielleicht kriege ich ihn ja zum Geburtstag, denkt Jacko und wieder sagt er leise die Namen auf. Aber heute Abend wollen die Zauberformeln nicht wirken. Jacko wirft sich unruhig im Bett hin und her, während ihm abwechselnd Edjes blasses Gesicht, die blitzenden Zähne des Wolfshunds und Damian Valens schallendes Gelächter durch den Kopf spuken. Schließlich übermannt ihn doch der Schlaf.

»Jacko. Jacko.«

Ein leises Klopfen am Fenster. Jacko macht die Augen auf. Wieder ruft eine Stimme nach ihm. Noch ganz verschlafen schlüpft er aus dem Bett. Das Zimmer wirkt wie mit Silber übergossen. Durch die Vorhänge fällt das Licht des Vollmondes. An der Decke schaukelt das Plastikskelett eines Pterodactylus an einem unsichtbaren Faden hin und her. Die Blicke aller Urzeitmonster scheinen auf Jacko gerichtet. »Jacko. Jacko.« Die Stimme klingt unwirklich und hat einen Hall. Wieder wird ans Fenster geklopft.

»Ich komm ja schon«, murmelt Jacko schlaftrunken. »Welcher Idiot holt mich denn mitten in der Nacht aus dem Bett?« Endlich ist er am Fenster und zieht die Vorhänge zurück. Das helle Mondlicht blendet ihn. Er kneift die Augen zu. Als er sie wieder aufmacht, sieht er im Mondschein eine Gestalt vor dem Fenster. Rotes Haar flammt wie Feuer um ihren Kopf.

»Jacko, lass mich rein.«

Sara? Wie kommt die denn mitten in der Nacht auf meinen Balkon?, denkt Jacko noch ziemlich verschlafen.

Sara presst ihr Gesicht ans Fenster und wirft ihm flehende Blicke zu. Sie ist ja käseweiß, denkt Jacko. Und ihre Augen sind ganz rot. Hat sie etwa geweint?

»Lass mich rein, Jacko«, sagt Sara wieder. Sie legt ihre langen, weißen Finger an die Scheibe.

Arme Sara. Bestimmt ist etwas Schlimmes passiert. Wie kommt Sara auf den Balkon?, wiederholt eine leise Stimme in Jackos Kopf. Aber er hört nicht auf sie. Er dreht am Griff und macht das Fenster auf. Sara springt ins Zimmer und legt ihm die Arme um den Hals. Auf einmal wird Jacko ganz verlegen. Vorsichtig versucht er ihre Arme von seinem Hals zu lösen. Es gelingt ihm nicht. Saras Umarmung wird immer mehr zu einer Umklammerung. Ihre Arme fühlen sich an wie Schraubstöcke.

»Sara, lass mich los! Du erwürgst mich ja!« Sara antwortet nicht. Sie gibt ein Zischen von sich und verstärkt den Griff um Jackos Hals. Jacko packt ihre Hände und versucht sie wegzureißen. Zu seinem Entsetzen sieht er, dass die Hände ganz knochig und weiß sind. Mit fast zehn Zentimeter langen Fingernägeln. Er bekommt am ganzen Körper Gänsehaut. »Sara, was . . .«

Sara hebt den Kopf. Ihr Gesicht ist jetzt ganz dicht vor ihm. Er schaut ihr direkt in die leuchtend roten Augen ohne Pupillen. Sie öffnet ihren roten Mund und zeigt ihre grässlich langen, scharfen Zähne.

»Hallo, Jacko«, sagt sie. Ihre Stimme zischt bei jedem Wort. »Du magst mich doch, oder? Hier bin ich!«

Jacko wird vor Angst ganz übel.

Über Saras Schulter hängt der Mond wie ein tückisches weißes Auge am Nachthimmel. Sara faucht wie eine Katze und schlägt ihre Zähne in Jackos Hals. Das Skelett des Pterodactylus tanzt mit klappernden Knochen an seinem Faden und stößt ein spöttisches Kreischen aus.

»Jacko! Jacko!«

Hände schütteln ihn hin und her.

»Sara! Nein!«, stöhnt er.

»Was hast du nur, Jacko? Wach auf!« Wieder wird er geschüttelt.

Er macht die Augen auf. Sein Gesicht ist schweißnass. Nach wie vor scheint ihm blendend helles Licht in die Augen. Der Mond. Nein, doch nicht. Es ist die Deckenlampe, er schaut direkt hinein. Da steht jemand über ihn gebeugt. Es ist seine Mutter. Sie hält ihn an den Schultern fest und rüttelt ihn sanft hin und her.

Langsam kommt Jacko zu sich. Es war ein Traum, ein Alptraum mit Sara in der Hauptrolle. Sara ist überhaupt nicht hier im Zimmer. Sie ist auch kein Vampir. Und er hat auch gar keinen Balkon vor dem Fenster. Jacko ist so erleichtert, dass er aufschluchzt.

Manchmal wirkt ein Traum unglaublich echt. Jacko meint Saras scharfe Zähne noch zu spüren. Unwillkürlich greift er sich an den Hals. Er spürt etwas Feuchtes und sieht erschrocken seine Finger an. Gott sei Dank. Es ist kein Blut, nur Schweiß. Seine Pyjamajacke ist klitschnass und der Schweiß rinnt ihm aus dem Haar, über die Wangen und den Hals entlang.

»Ist alles in Ordnung, Jacko?« Mutter sieht ihn besorgt an und legt die Hand auf seine Stirn. »Junge, du glühst ja! Was hast du nur geträumt? Ich war auf dem Flur und hab dich stöhnen hören.«

»Nichts Besonderes, Mutti. Es ist schon wieder vorbei.«

Nachdenklich sieht Mutter Jacko an. »Ich muss dir noch was sagen. Eigentlich wollte ich das erst morgen tun, aber jetzt bist du ohnehin wach. Es geht um Edje.«

Jacko fährt senkrecht hoch. »Was ist mit Edje, Mutti?«

»Sein Vater hat mich heute Abend angerufen. Edje musste ins Krankenhaus.«

»Warum? Was hat er?«

»Das weiß man noch nicht genau«, sagt Mutter. »Als er heute Abend nach Hause kam, wurde er ohnmächtig. Seine Eltern haben den Hausarzt gerufen und der meinte, Edje müsse sofort zur Untersuchung ins Krankenhaus. Dort muss er nun ein paar Tage bleiben und Eisentabletten schlucken.«

»Eisentabletten? Gegen was denn?«

»Gegen Blutarmut«, sagt Mutter.

5. DAS DING VOR DEM FENSTER

Am nächsten Morgen sitzt Jacko mit einem Kopf wie ein Betonklotz im Unterricht. Den Rest der Nacht hat er kaum geschlafen. Die schrecklichsten Gedanken sind ihm durch den Kopf gegangen. Blutarmut – wenn das kein Beweis ist, dass Edje von einem Vampir heimgesucht wird! Vampire trinken Menschenblut, davon leben sie. Aber wer würde ihm glauben? Tausende von Menschen leiden an Blutarmut und ganz bestimmt sind sie nicht alle Opfer von Vampiren. Vielleicht mache ich mir unnötig Sorgen, denkt Jacko. Vielleicht sind es lauter Zufälle und mit Edje ist alles in Ordnung. Oder vielleicht werde ich verrückt.

In der Schule hebt sich seine Laune auch nicht. Damian hat voller Stolz jedem von dem Streich erzählt, den er Jacko gespielt hat, und jetzt machen sich die anderen über ihn lustig. Manche grinsen ihn mit einem Vampirgebiss aus Plastik im Mund an. Ein Mordsspaß, wirklich! Jacko ist froh, als es am Ende der letzten Stunde klingelt.

Auf dem Schulhof tippt ihm jemand auf die Schulter. Es ist Sara. Jacko hat den Alptraum noch so lebhaft in Erinnerung, dass er zusammenzuckt, als sie so plötzlich neben ihm steht.

»Immer mit der Ruhe«, sagt Sara, »du tust ja gerade, als wäre ich 'ne Geistererscheinung.« Sie sieht frisch und munter aus. Ihr rotes Haar glänzt, ihre Wangen sind leicht gerötet und ihre Zähne klein und ebenmäßig. Die Augen sind strahlend blau. Sie sieht nicht im Entferntesten wie ein Vampir aus.

Offenbar steht Jacko die Erleichterung ins Gesicht geschrieben.

»Du bist heute vielleicht komisch«, sagt Sara. »Erst schaust du mich an, als wäre ich ein Geist, und dann grinst du wie ein zufriedener Affe, der 'ne Banane gekriegt hat.«
Jacko sucht nach irgendeiner Entschuldigung, aber Sara gibt ihm keine Gelegenheit dazu.
»Ich wollte dich um was bitten, Jacko. Du bist doch gut in Niederländisch. Kannst du mir wohl morgen Abend bei einem Aufsatz helfen?«
Jacko ist mit einem Mal hellwach. Das ist doch mal was anderes! Sara lädt ihn zu sich nach Hause ein. O Mann! Mit einem Schlag sind alle Gedanken an Vampire vergessen.
»Na ... natürlich«, sagt er und wird rot wie eine Tomate. »Wann soll ich kommen?«
Sara tut so, als bemerkt sie seinen roten Kopf nicht. »Ich muss erst in den Sportverein. Gegen sechs bin ich zu Hause. Komm doch um sieben. Dann haben wir jede Menge Zeit für den Aufsatz, denn mein Vater kommt meistens erst um neun nach Hause. Er muss in letzter Zeit viele Überstunden machen.«
Zufällig weiß Jacko, dass Saras Eltern geschieden sind und dass sie bei ihrem Vater wohnt. Sie haben also den halben Abend für sich allein.
»Abgemacht?«, fragt Sara.
»Äh, klar. Geht in Ordnung. Ich komme.«
Leicht benommen geht Jacko zum Tor. Der Himmel ist grau und es ist schon fast dunkel, aber er fühlt sich ganz leicht und beschwingt. Seine Müdigkeit ist wie weggeblasen. Sara hat seinen Tag gerettet.
Am Ausgang steht der Nachtwächter. Zum Glück hat er den Hund nicht dabei. Er lehnt an dem Steinpfeiler, an dem das Gittertor befestigt ist, und mustert alle Schüler, die den Hof verlassen. Er bemüht sich, nicht aufzufallen, aber Jacko wird trotzdem

aufmerksam. Der Mann scheint den Schülern nachzuspionieren. Jacko hat keine Lust, sich seine gute Laune von dem merkwürdigen Kerl verderben zu lassen. Ohne ihn eines Blickes zu würdigen, geht er vorbei. Genau in diesem Moment legt ihm der Nachtwächter die Hand auf die Schulter. An seinem kleinen Finger glitzert der Fledermausring. Wütend dreht sich Jacko um und sieht vor sich die schwarzen Brillengläser.

»Wo ist dein Freund?«, fragt der Nachtwächter.

Was geht dich das an?, denkt Jacko. »Edje liegt im Krankenhaus. Wahrscheinlich, weil Ihr Köter uns angefallen hat.« So, das wäre heraus. Jetzt kann der Nachtwächter ruhig ein schlechtes Gewissen kriegen.

Bevor der Mann noch etwas sagen kann, reißt Jacko sich los und rennt davon.

»Morgen Abend helfe ich einem Mädchen aus meiner Schule beim Aufsatz, Mutti.«

»Ist sie nett?«, fragt Mutter. Sie hat eine große Schüssel Erbsensuppe gemacht, die mitten auf dem Tisch steht. Jacko gegenüber sitzt Opa im Morgenmantel und schlürft geräuschvoll seine Suppe.

»Das spielt doch keine Rolle«, sagt Jacko. Er merkt, dass Mutter ihn aushorchen will. »Sie glaubt, ich sei ein Ass in Niederländisch, deshalb hat sie mich gefragt.«

Opa kichert und zwinkert Jacko zu.

»Schon gut«, sagt Mutter und stellt keine weiteren Fragen. »Ich bin morgen Abend auch nicht zu Hause, ich muss zum Computerkurs. Aber Opa ist da. Komm nicht zu spät.«

»Nein, Mutti.«

»Übrigens, solltest du nicht mal Edje im Krankenhaus besuchen?«

Jacko schlägt sich mit der flachen Hand an die Stirn. Edje hat er total vergessen! Alle seine Gedanken kreisten um Sara, sodass er überhaupt nicht mehr an Edje gedacht hat. »Wann ist denn die Besuchszeit, Mutti?«
»Von sieben bis acht. Jetzt ist es halb acht, du musst dich also beeilen. Mit dem Rad brauchst du eine gute Viertelstunde.«
Jacko löffelt den letzten Rest Suppe und springt auf. »Ich geh jetzt. Bis später.«

Es ist windig und nasse Schneeflocken fallen vom Himmel, als Jacko aufs Fahrrad steigt. Er braucht zwanzig Minuten bis zum Krankenhaus. Bis er sein Rad abgestellt und abgeschlossen hat, ist es acht Uhr. Hoffentlich lassen sie ihn jetzt noch zu Edje.
Das Krankenhaus hat vier Stockwerke. Aus fast allen Fenstern strahlt weißes Neonlicht in die Nacht hinaus. Durch die großen Glastüren strömen die Besucher ins Freie.
Jacko geht geradewegs zum Portier, der hinter einer runden Empfangstheke mit einem Computer und mehreren Bildschirmen sitzt.
»Können Sie mir sagen, in welchem Zimmer Edje Post liegt?«, fragt er.
Der Portier, ein großer dunkelhäutiger Mann, hat eine Statur wie ein Kleiderschrank. »Es ist acht Uhr. Die Besuchszeit ist vorbei.«
Aber Jacko gibt sich nicht so leicht geschlagen. Für den Fall, dass er zu spät kommen sollte, hat er sich schon unterwegs eine Ausrede einfallen lassen.
»Edje ist in meiner Klasse«, sagt er. »Ich muss ihm die Hausaufgaben bringen.«
Der Portier kaut auf einem Bleistift herum.
»Na gut, wenn das so ist, kannst du noch kurz zu ihm.« Zum Glück will er die Hausaufgaben nicht sehen. Auf einem der Moni-

tore sucht er nach Edjes Namen. »Post, Post – hier hab ich ihn. Gestern Abend eingeliefert worden. Vierter Stock, Zimmer 425.«
»Danke!«, ruft Jacko und rennt durch die Drehtür zu den Aufzügen. Eine der beiden Türen geht auf und zwei Besucher kommen heraus. Jacko betritt den Aufzug und drückt auf die Taste mit der Vier. Der Aufzug fährt langsam nach oben. Mit einem sanften Ruck hält er im vierten Stock. Jacko kommt in einen langen grauen Flur. Er sieht ein kleines Schild mit der Aufschrift »Zimmer 401 bis 425« und einem Pfeil. Edjes Zimmer ist ganz am Ende des Flurs.

Jacko klopft. Keine Reaktion. Vielleicht schläft Edje schon. Vorsichtig macht Jacko die Tür auf. Das Zimmer wird von einer kleinen Nachttischlampe schwach beleuchtet. In der Nähe des Fensters steht ein einzelnes Bett und darin liegt Edje mit geschlossenen Augen. Armer Edje, seinen Auftritt im Theaterstück kann er wohl vergessen, denkt Jacko. Leise geht er auf das Bett zu.
Edje rührt sich nicht. Er hat die Decke bis zum Kinn hochgezogen und atmet ganz flach. Wie er da auf dem großen Krankenhauskissen liegt, sieht er noch bleicher und elender aus als am Tag zuvor. Man könnte meinen, er wäre in der Zwischenzeit zusammengeschrumpelt. Jacko erschrickt bei seinem Anblick. Edjes Gesicht wirkt mager und eingefallen und die Haut spannt über seinen Backenknochen. Die Lippen sind leicht zurückgezogen. Wieder fällt Jacko auf, wie lang und spitz Edjes Eckzähne aussehen. Irgendwie sieht er einem Vampir ähnlich, denkt Jacko und dabei wird ihm innerlich unangenehm kalt.
Plötzlich fährt ein Windstoß durchs Zimmer. Das Fenster steht einen Spalt offen. Wie kann das sein?, denkt Jacko. Im Krankenhaus lassen sie doch abends die Fenster nicht offen. Schon gar nicht bei diesem Wind. Jacko geht rasch um das Bett herum, um

das Fenster zu schließen. Von draußen hört er das Schnattern von ein paar Enten auf dem Kanal hinter dem Krankenhaus. Als er das Fenster zumacht, bewegt sich draußen am Rand des Simses etwas Dunkles. Jacko weicht erschrocken zurück.
Hinter ihm knarrt plötzlich das Bett. Er dreht sich um. Edje hat sich aufgesetzt. Seine rot geränderten Augen sind weit aufgerissen und starren an Jacko vorbei ins Freie. In Edjes Blick liegt Todesangst.
Schnell wendet sich Jacko wieder um. Draußen fliegt etwas Dunkles am Fenster vorbei. Flügelschlagen ist zu hören. Jacko presst das Gesicht an die Scheibe. Er sieht einen Schatten, der mit ausgebreiteten Flügeln in die Lüfte steigt.
Auf einmal stößt Edje einen Schrei aus. Seine Augenlider klappen zu und er fällt schlaff wie eine Stoffpuppe aufs Bett zurück.
Zu Tode erschrocken, beugt sich Jacko über seinen Freund. »Edje, was ist mit dir? Ich bin's, Jacko!«
Edje bewegt sich nicht. Man könnte meinen, er sei tot.
Jacko bricht der Angstschweiß aus. Er packt Edje an den Schultern und rüttelt ihn heftig. Edjes Kopf rollt auf dem Kissen hin und her, aber seine Augen bleiben geschlossen und er gibt keinen Mucks von sich. An seinem Hals sieht Jacko zwei rote Stellen. Sie sind klein und haben jeweils in der Mitte ein kleines Loch, als wäre Edje mit zwei Nadeln gestochen worden. Am Kragen seines Schlafanzugs ist ein Blutfleck.
»Edje, wach auf!«, schreit Jacko. »Edje!«

6. NIEMAND GLAUBT MIR

Die Zimmertür fliegt auf. Eine korpulente Nachtschwester in einem viel zu eng sitzenden weißen Schwesternkleid kommt herein. »Was ist hier los? Was soll das Geschrei?«

Jacko hält Edje noch immer an den Schultern fest. Er hat Tränen in den Augen. »Edje stirbt. Vielleicht ist er schon tot.«

Mit zwei Schritten ist die Schwester am Bett. Sie nimmt Edjes Handgelenk und fühlt seinen Puls. Währenddessen überfliegt sie die Krankenkarte auf dem Nachttisch. Gleichzeitig drückt sie auf einen roten Knopf über dem Bett. Augenblicke später hört man eilige Schritte im Flur und zwei Krankenpfleger stürmen ins Zimmer.

»Schnell, eine Infusion!«, sagt die Schwester und gibt einem der Pfleger die Karte. »Und ich brauche einen Beutel Blut. Die Daten zu seiner Blutgruppe stehen auf der Karte.«

Behutsam bettet sie Edje auf das Kissen.

Jackos Beine fühlen sich wie Kaugummi an. Er lässt sich auf einen Stuhl neben dem Bett sacken.

Die zwei Pfleger eilen davon und kommen kurz darauf mit einem hohen verchromten Ständer auf Rollen zurück. Einer der beiden hängt daran einen Plastikbeutel auf. Die Krankenschwester sticht eine Nadel, an der ein durchsichtiger dünner Schlauch hängt, in Edjes Arm. Es dauert ein Weilchen, bis sie eine geeignete Ader gefunden hat. Drei Mal sticht sie daneben. All dies geschieht im Eiltempo und niemand achtet auf Jacko.

Wie betäubt verfolgt er das Ganze. Das Blut aus dem Plastikbeutel rinnt durch den dünnen Schlauch und verschwindet dann durch ein Röhrchen in Edjes Arm.

»So«, sagt die Krankenschwester, als die Pfleger gegangen sind. »Mehr können wir im Augenblick nicht tun. Das war gerade noch rechtzeitig. Der arme Junge sieht ja aus wie eine Leiche.« Einen Moment lang legt sie Jacko ihren molligen Arm um die Schulter. »Du brauchst wirklich keine Angst zu haben. Er erholt sich schon wieder. Ein Glück, dass du noch hier warst, sonst hätten wir womöglich zu spät gemerkt, wie ernst es um ihn stand.« Nachdenklich betrachtet sie Edje. »Irgendwie seltsam, solch ein akuter Fall von Blutarmut ist mir noch nie untergekommen.«
Auf einmal kann Jacko nicht mehr an sich halten. »Es war ein Vampir!«, ruft er. »Ein Vampir saugt Edje das Blut aus! Ich hab durchs Fenster was wegfliegen sehen. Es sah aus wie eine Fledermaus. Vampire können sich in Fledermäuse verwandeln, wenn sie wollen. Sie saugen ihren Opfern das Blut aus. So lange, bis sie tot sind und selber Vampire werden.« Jacko springt vom Stuhl auf und sieht die Krankenschwester aufgeregt an.
»Junge, du bist ja ganz außer dir. Nun ja, das ist kein Wunder. Aber glaub mir, es kommt schon alles wieder in Ordnung. Das hier ist ein modernes Krankenhaus. Vampire haben bei uns keine Chance.« Sie zwinkert. »Und soll ich dir ein Geheimnis verraten? Vampire gibt es überhaupt nicht. Fledermäuse schon. Die hängen hier manchmal unterm Dach.«
»Aber doch nicht im Winter!«, ruft Jacko. Er ist wütend, weil sie ihn wie ein Kleinkind behandelt. »Außerdem war diese Fledermaus so groß wie eine Möwe!«
»Nun, dann war's vermutlich auch eine Möwe«, antwortet sie. »Hier wimmelt es nur so von diesen Mistviechern, diesen lästigen Krachmachern.«

»Dann sehen Sie sich doch seinen Hals an! Da hat er zwei Löcher von dem Vampirbiss!« Jacko schreit jetzt fast.
Die Krankenschwester beugt sich mit gerunzelter Stirn über Edjes Hals. Dann richtet sie sich wieder auf und reibt sich mit Daumen und Zeigefinger das Kinn. »Ich sehe es. Deshalb also glaubst du, dass ein Vampir im Spiel ist. Nun, vermutlich hat er sich mit dem Rasiermesser verletzt. Vielleicht sind es auch zwei Pickel, die er aufgekratzt hat. Es kann alles Mögliche sein, aber ein Vampir – das scheint mir doch ein bisschen weit hergeholt.«
Es hat keinen Sinn. Sie weiß alles besser, genau wie Jackos Mutter. Erwachsene wollen nie nachgeben, nicht einmal, wenn man ihnen knallharte Beweise auf den Tisch legt. Edje ist dreizehn, aber auf seinem Gesicht wächst noch kein einziges Härchen. Wahrscheinlich hat er noch nie im Leben ein Rasiermesser in der Hand gehabt. Jacko könnte die Krankenschwester vor lauter Wut ans Schienbein treten, aber er reißt sich zusammen. Er schaut noch einmal zu Edje hin. Da liegt er, bleich und bewusstlos mit dem blutgefüllten Schlauch am Arm. Es ist ein deprimierender Anblick.
Schnell geht Jacko aus dem Zimmer. Niemand glaubt mir. Merke ich denn als Einziger, was da läuft?, denkt er, während er nach Hause radelt. Oder werde ich etwa verrückt?

»Wie geht es Edje?«, fragt Jackos Mutter.
»Nicht gut, er wäre fast gestorben, als ich dort war.«
»Wie bitte?« Mutter sieht ihn erschrocken an. Beinahe hätte er ihr von dem Vampir erzählt, aber er weiß, dass es keinen Sinn hat. Sie würde ihm nicht glauben, ebenso wenig wie die Krankenschwester.
»Er hängt jetzt am Tropf. Die Schwester sagt, er würde sich schon wieder erholen.«

»Ein Glück«, seufzt Mutter. »Übrigens, bevor ich's vergesse, was wünschst du dir eigentlich zum Geburtstag?«
»Hm, am liebsten hätte ich einen Diplodocus für meine Sammlung, Mutti. Aber der ist ziemlich teuer.«
»Na, dann wollen wir mal sehen«, sagt Mutter. »Hoffentlich kann ich mir diesen komplizierten Namen merken.«
»Du musst nur an Hokuspokus denken, das klingt so ähnlich.«
Jacko hängt seine Jacke an die Garderobe und geht die Treppe hinauf. Oben kommt Opa gerade aus dem Badezimmer. In der Hand hat er ein Glas Wasser mit seinem Gebiss darin. Er trägt das Gebiss zwar nie, aber er pflegt es sorgsam und füllt jeden Tag frisches Wasser ins Glas, als wäre das Gebiss eine seltene Art von Haustier.
Jacko bleibt stehen. Vielleicht glaubt Opa ihm. Der kennt schließlich so viele Vampirgeschichten und sagt immer, sie seien tatsächlich passiert.
»Opa, gibt es auch heute noch Vampire? Kann es sein, dass hier in der Stadt ein Vampir lebt?«
Opa mustert ihn mit seinen Äuglein, die immer schelmisch funkeln, als wäre das Leben ein einziger großer Ulk.
»Wenn ich Ja sage, kriege ich garantiert Ärger mit deiner Mutter«, sagt er. »Also sage ich lieber nichts.«
Mit diesen mysteriösen Worten lässt er Jacko auf dem Flur stehen und verschwindet in seinem Zimmer.
Was heißt das nun schon wieder?, denkt Jacko irritiert. Meint Opa Ja oder Nein? Seufzend geht er in sein Zimmer und lässt sich aufs Bett fallen. Opa ist ihm auch keine Hilfe. Er ist ganz auf sich allein gestellt.

Vampir. Untoter. Nach dem Aberglauben der slawischen Völker in Südeuropa ein Wesen, das nachts aus dem Grab steigt, um Menschen das Blut auszusaugen. Verträgt kein Sonnenlicht. Knoblauch, Kruzifixe und Weihwasser gelten als Abwehrmittel. Getötet werden kann der Vampir nur, indem man ihm einen Holzpflock ins Herz schlägt.

Seufzend legt Jacko das Buch weg. Wenn man das so liest, kommt es einem vor wie blanker Unsinn, denkt er und macht das Licht aus.
Er schläft erbärmlich schlecht. Ständig sieht er Edje vor sich, ans Bett gefesselt und mit einem blutgefüllten Schlauch am Arm. Er stellt sich vor, er müsste seinem Freund einen Holzpflock ins Herz treiben, weil er ein Vampir ist.

7. DIE ENTDECKUNG

Am nächsten Morgen fühlt sich Jacko wie gerädert. Während der Biologiestunde nickt er immer wieder ein und wird von seltsamen Visionen heimgesucht.

Herr Terbraak, der Biologielehrer, steht mit einem Hamster in der Hand vor der Klasse. »Wie ihr wisst, ist der Hamster ein Nagetier«, sagt er. »Ein Merkmal von Nagetieren ist, dass sie zwei Paar meißelähnliche Schneidezähne haben, die immer wieder nachwachsen.« Er hält den Hamster mit beiden Händen hoch.

»Ein weiteres Merkmal von Nagetieren ist, dass man wunderbar an ihnen nagen kann.« Zu Jackos Bestürzung öffnet er den Mund und schlägt dem Hamster die Zähne ins Genick. Das Tier quietscht jämmerlich, aber Terbraak lächelt nur. An seinem Mund kleben Hamsterhaare. Alle in der Klasse scheinen das völlig normal zu finden, denn sie schauen interessiert zu. Jacko muss würgen. Er springt auf und stößt dabei seinen Tisch um. In der Klasse wird es mucksmäuschenstill. Alle Gesichter wenden sich Jacko zu. Der sieht jetzt erst, wie bleich die anderen sind und was für lange Zähne sie haben. Sie sind allesamt Vampire geworden! Inmitten der vielen grinsenden Gesichter entdeckt er Edje, der ihm fröhlich zuwinkt.

Jacko stößt einen Schrei aus.

»Jacko! Du bist wohl verrückt geworden, hier so rumzuschreien!«, sagt Herr Terbraak.

Jacko macht die Augen auf und ist wieder in der Wirklichkeit.

Herr Terbraak steht mit einem Stück Kreide in der Hand an der Tafel. Die anderen Schüler schreiben eifrig mit.

Ich werde wahnsinnig, denkt Jacko. Überall sehe ich Vampire. »Entschuldigung, Herr Terbraak, auf meinem Stuhl hat ein Reißnagel gelegen.« Gute Ausreden hat Jacko immer parat. Nur mit Vampiren weiß er sich keinen Rat.
Herr Terbraak brummt etwas Unverständliches und macht mit dem Unterricht weiter. Damian Valen beugt sich zu Jacko und flüstert: »Bist du in letzter Zeit noch mal 'nem Vampir begegnet?« Hinter Jackos Rücken prustet er los. Lach du nur, denkt Jacko. Hier gehen Dinge vor, von denen du nicht die geringste Ahnung hast.

In der Pause auf dem Schulhof beobachtet er aufmerksam die anderen Schüler. Ihm fällt auf, dass manche ungewöhnlich bleich sind und sich träge bewegen. Wie Schlafwandler. So hat Edje auch ausgesehen. Einige der Bleichgesichter kneifen sogar in der Sonne die Augen zu. Außerdem vermisst Jacko eine ganze Reihe bekannter Gesichter. In den letzten Tagen sind viele krank geworden. Allein in Jackos Klasse fehlen heute drei weitere Kinder. Es scheint fast, als ginge ein Virus um, das immer mehr Schüler befällt. Ein Vampirvirus, denkt Jacko. Und ich bin der Einzige, der die Sache durchschaut. Ein Vampir hat es auf unsere Schule abgesehen. Wer von ihm gebissen wird, verwandelt sich nach und nach selber in einen Vampir. Und wenn die neuen Vampire wiederum ihre Klassenkameraden beißen, dann werden es noch mehr Vampire, immer mehr, bis am Ende keine normalen Schüler mehr übrig sind. Oder bilde ich mir das alles nur ein? Ein blasses Gesicht beweist schließlich noch lange nicht, dass jemand ein Vampir ist. Vielleicht haben sie ganz einfach die Grippe.
Jacko sucht auf dem Schulhof nach Sara. Er kann sie nirgendwo entdecken. Vermutlich hat sie eine Freistunde. Sein Blick wandert

über den Platz und bleibt am Tor hängen. Ihm ist, als zuckte ein elektrischer Schlag durch seinen Körper und ließe seine Fingerspitzen prickeln. Auf der anderen Seite des Tors steht jemand. Ein bleiches Gesicht späht durch die Gitterstäbe auf den Hof. Sogar aus der Entfernung erkennt Jacko den Mann. Schwarze Brillengläser, schwarzes Haar mit weißem Ansatz. Der Nachtwächter. Was macht er hier? Sein Dienst fängt doch erst viel später an. Warum starrt er die Schüler so an?

Plötzlich fügen sich alle Puzzleteile zu einem Bild. Der Nachtwächter. Er und sein großer Wolfshund. Es ist bekannt, dass Vampire Macht über Tiere haben. Wölfe gehorchen ihnen, das weiß Jacko aus Opas Geschichten. Der schwarze Wolfshund des Nachtwächters hat Edje angefallen. Der Nachtwächter muss also der Vampir sein. Das erklärt auch die ewige Sonnenbrille, denn so kann niemand seine roten Vampiraugen sehen und außerdem sind sie vor der Sonne geschützt. Vampire vertragen schließlich kein Sonnenlicht. Außerdem hat er einen Fledermausring am Finger und die Fledermaus ist ein Vampirsymbol. Die Entdeckung ist so überwältigend, dass Jacko schwindlig wird. Ein Vampir mitten unter achthundert Schülern! Der muss sich vorkommen wie im Schlaraffenland.

Plötzlich hat Jacko das Gefühl, der Nachtwächter würde ihn ansehen. Aus Furcht, der Mann könnte ihm etwas anmerken, wendet er sich rasch ab.

Jetzt muss Jacko vorsichtig zu Werke gehen. Allein kann er gegen einen Vampir nichts ausrichten, das ist ihm klar. Aber wer wird ihm glauben? Vermutlich niemand. Trotzdem, er braucht Unterstützung. Wenn er es sich recht überlegt, bleibt ihm nur eine Möglichkeit: Er muss den Rektor über seinen schlimmen Verdacht informieren. Er ist schließlich für die Sicherheit der Schüler verantwortlich, denkt Jacko. Er und nicht ich. Der Rektor muss dafür sorgen, dass dieses Problem gelöst wird, andernfalls wimmelt es demnächst hier an der Schule von Vampiren.

8. WIE EINE RATTE IN DER FALLE

Es klingelt. Die letzte Stunde ist zu Ende. Während die Klassenzimmer sich leeren, geht Jacko zum Büro des Rektors. Er durchquert die Halle und biegt in einen langen Flur ein. Ganz hinten ist das Rektorat. Es wird nicht leicht sein, den Rektor zu überzeugen. Zögernd klopft Jacko an und wartet. Keine Reaktion. Jacko klopft erneut, diesmal lauter. Aus dem Zimmer kommt ein dumpfes Geräusch, als würde ein schweres Buch auf den Tisch gelegt.

»Herein«, sagt eine müde Stimme. Jacko holt tief Luft und betritt den Raum.

Im Büro des Rektors ist es düster und stickig. Es riecht muffig nach alten Büchern. Schüler kommen normalerweise nie hierher, es sei denn, sie werden aus dem Klassenzimmer gewiesen. Am Fenster hängen schwarze Samtvorhänge. Mitten in dem quadratischen Raum steht ein riesiger Schreibtisch aus Eichenholz, auf dem im Lichtkegel einer kupfernen Hängelampe ein dickes Buch liegt, sonst nichts. Hinter dem Schreibtisch sitzt der Rektor, ein großer beleibter Mann mit Glatze, einem buschigen schwarzen Bart und einer schweren Brille mit dicken Gläsern.

»Warum störst du mich, Junge? Ich bin sehr beschäftigt, daher hoffe ich, du hast einen guten Grund.«

Jacko fühlt sich unbehaglich. »Ich hab . . . äh . . . ein Problem, Herr Rektor. Oder besser gesagt, die ganze Schule hat ein Problem oder kann ein Problem bekommen.« Es ist schwierig, die richtigen Worte zu finden, und Jacko spürt, wie er rot anläuft.

Der Rektor trommelt ungeduldig mit den Fingern auf die Schreibtischplatte.

Stammelnd bringt Jacko seine Geschichte vor. »Mein Freund Edje ist todkrank, Herr Rektor. Er liegt in der Klinik, weil er an akuter Blutarmut leidet. Und mir ist aufgefallen, dass in unserer Schule noch mehr Kinder ungewöhnlich bleich aussehen. Ich weiß auch, wie das kommt. Da ist ein Vampir am Werk. Ich glaube, wir sind alle in Gefahr. Deshalb bin ich zu Ihnen gekommen. Sie müssen was dagegen unternehmen.«

Während Jacko sich selbst so reden hört, denkt er, dass die Geschichte eigentlich total verrückt klingt. Bestimmt wird der Rektor ihm gleich aufs Dach steigen.

Aber dem ist nicht so. Der Rektor lacht leise. »Du siehst also auch schon Vampire«, sagt er.

Jacko horcht auf. »Wieso? Wissen denn noch andere davon?«

Der Rektor nickt. »Vorgestern hat mich die Mutter von Edje Post angerufen. Sie war wegen ihres Sohnes in Sorge. Seit Edje bei dem Theaterstück mitmacht, redet er angeblich nur noch von Vampiren. Er träumt sogar davon. Und jetzt fängst du auch noch damit an. Man könnte glatt meinen, ihr steckt einander an. Wenn das so weitergeht, kriege ich noch sämtliche aufgebrachten Eltern an den Hals.« Er lässt einen tiefen Seufzer hören. »Ich glaube, nächstes Jahr führen wir besser wieder eine gewöhnliche Weihnachtsgeschichte auf.«

Er mustert Jacko eindringlich. »Hast du schon mit anderen darüber gesprochen?«

»Nein, Herr Rektor, sonst weiß niemand davon.«

»Das ist gut«, sagt der Rektor. »Denn solche Sensationsgeschichten schaden dem guten Ruf unserer Schule. Und darauf lege ich absolut keinen Wert, das wirst du dir vorstellen können. Es ist schon unangenehm genug, dass drei unserer Schüler verschwunden sind.«

Er sieht Jacko vorwurfsvoll an, als sei er derjenige, der den Ruf der Schule gefährde. »Vergiss diese seltsamen Ideen möglichst schnell. Die einzigen Vampire, die es gibt, stehen am Freitag auf der Theaterbühne.«
»Aber was ist dann mit Edje, Herr Rektor? Und die vielen bleichen Gesichter auf dem Schulhof?«
Der Rektor fährt sich über die Stirn. Anscheinend geht ihm bald die Geduld aus. »Grippe«, sagt er. »Es steht eine Grippewelle bevor. Ich habe schon mehrere Krankmeldungen bekommen. Sieh zu, dass sie dich nicht auch noch erwischt. Es ist zwar sehr nett von dir, dass du um deine Mitschüler so besorgt bist, Jacko, aber hier geht bestimmt nichts Ungewöhnliches vor, sonst hätte ich das zweifellos bemerkt. Vampire gibt es nicht. Punktum!«
Der Rektor sagt das so überzeugend, dass Jacko ihm beinahe glaubt. Vielleicht hat er sich ja doch getäuscht und es gibt für alles eine logische Erklärung.
»Ach übrigens, da Edje nun im Krankenhaus liegt, brauchen wir für seine Rolle einen Ersatzmann. Willst du nicht am Freitag einen Vampir spielen?«
Jacko schüttelt den Kopf. »Nein, vielen Dank. Ich schaue mir zwar gern Vampirfilme an, aber ich selber will kein Vampir sein.«
Der Rektor zuckt mit den Schultern. »Du ahnst nicht, was du verpasst. Aber ansehen wirst du dir das Stück doch?«
»Eher nicht, Herr Rektor. Am Freitag hab ich Geburtstag.«
»Schade«, sagt der Rektor. Seine Stimme klingt etwas enttäuscht.
Als Jacko das Zimmer verlässt, prallt er mit jemandem zusammen, der in gebückter Haltung vor der Tür steht. Ein langer Stock schwingt vor seiner Nase hin und her. Erschrocken springt Jacko zur Seite.
»Ja, ja, renn du nur eine alte, schwer arbeitende Frau über den Haufen.«

Jacko atmet erleichtert auf. Es ist Frau Achterhaus, die Putzfrau, die gerade den Flur aufwischt. Sie streicht sich ein paar graue Haarsträhnen aus dem Gesicht und lächelt Jacko an. Genau wie Opa trägt sie nie ein Gebiss. Die beiden würden gut zusammenpassen, denkt Jacko.
»Was treibst du so spät noch hier?«, fragt die alte Frau. »Draußen wird es bereits dunkel. Sieh zu, dass du deinen Bus nicht verpasst. Heutzutage kann einem in der Dunkelheit alles Mögliche passieren. Bei dem Gesindel, das so herumstrolcht.« Leise mit sich selbst redend, wischt sie weiter.

Auf dem Nachhauseweg denkt Jacko über das Gespräch mit dem Rektor nach. Irgendetwas behagt ihm nicht. Es ist zwar gut möglich, dass die halbe Schule Grippe hat, aber das erklärt noch lange nicht Edjes Zustand. Jacko hat noch nie gehört, dass Grippekranke gleichzeitig an Blutarmut leiden. Und die Fledermaus vor Edjes Fenster, das war ganz bestimmt keine Möwe. Er seufzt. Seinen Verdacht gegen den Nachtwächter hat er dem Rektor gegenüber gar nicht mehr auszusprechen gewagt.

Als Jacko aus dem Bus steigt, ist es schon eine ganze Weile dunkel und überall brennen die Straßenlaternen. Es schneit ganz leicht und langsam verwandelt sich die Straße in einen weiß schimmernden Teppich. Den Kopf voller wirrer Gedanken trottet Jacko die Allee mit den schön gewachsenen alten Bäumen entlang, die der Stadtsanierung noch nicht zum Opfer gefallen sind. Auf halbem Wege knackt ein Ast irgendwo über ihm. Erschrocken blickt er hoch. Im dunklen Geäst sieht er drei bleiche Gesichter.
Die Zweige bewegen sich und drei Gestalten lassen sich herabfallen. Geschmeidig landen sie im Schatten der Bäume auf dem Straßenpflaster, rollen geschickt am Boden ab und richten sich dann

blitzschnell auf. Die Absätze ihrer Stiefel klackern auf dem Bürgersteig. Als das Licht der Straßenlaterne auf sie fällt, stößt Jacko einen Schrei aus. Es sind drei Jungen mit Sonnenbrillen, Lederjacken und Stiefeln mit hohen Absätzen. In ihrem Haar bleiben Schneeflocken hängen. Jacko kennt die drei nur zu gut: Es sind die Jungen von der Sonnenbrillenbande, die schon seit über einem Monat spurlos verschwunden sind. Möglicherweise ermordet, glauben manche Leute, aber jetzt stehen sie quicklebendig vor Jacko. In ihren halb geöffneten Mündern blitzen lange scharfe Zähne. Die Jungen sind Vampire geworden.

Der mittlere der drei hat eine Punkfrisur. Er setzt die Sonnenbrille ab und wirft Jacko einen spöttischen Blick zu. Im Schein der Straßenlaterne funkeln seine Augen wie rotes Glas.

»Sieh mal einer an, da haben wir unseren Jacko.« Sein Atem stinkt nach verfaultem Laub und toter Erde. Die drei Vampire kommen immer näher.

Die Angst schnürt Jacko die Kehle zu.

»Der Arme zittert ja«, grinst der zweite Vampir. Er hat rotes Haar.

»Der war schon immer ein Hosenscheißer«, sagt der dritte mit sich überschlagender Stimme. Er ist im Stimmbruch. Den hat er jetzt für alle Zeiten, denkt Jacko trotz seiner Angst. Vampire werden nämlich nicht älter.

Die drei schielen gierig auf Jackos Hals.

»Mmm, ich hätte Appetit auf ein bisschen Blut«, grinst der rothaarige Vampir.

»Reiß dich zusammen!«, fährt der Punkvampir ihn an. »Du weißt, der Chef hat verboten, dass wir ihn anrühren!«

»Ach, sülz nicht rum. Der Chef kriegt sie immer, wenn sie noch voller Blut sind, und wir müssen uns mit den kärglichen Resten zufrieden geben. Ein paar kleine Bisse, das merkt der Chef überhaupt nicht«, sagt der Rothaarige und leckt sich über die Zähne.

»Genau, der Chef kann uns mal den Buckel runterrutschen!«, ruft der Dritte mit sich überschlagender Stimme. »Wir haben ihn gefunden, also gehört er uns.«
Jacko macht sich beinahe in die Hosen. Wovon reden die drei nur? Der Chef? Bestimmt meinen sie den Nachtwächter. Hat er es jetzt etwa auf ihn abgesehen? Jacko versteht überhaupt nichts mehr, aber ihm bleibt keine Zeit zum Nachdenken. Die drei Vampire sperren den Mund weit auf und kommen mit blitzenden Eckzähnen auf ihn zu. In Panik schaut Jacko sich nach allen Seiten um. Links, rechts, nirgends ein Fluchtweg. Er sitzt wie eine Ratte in der Falle.

9. AUF DER FLUCHT

Von links wirft sich der Punkvampir auf Jacko und von rechts der Rothaarige. Der dritte greift von vorn an. Im allerletzten Moment geht Jacko in die Knie, flitzt unter den ausgestreckten Armen durch und rennt die Straße entlang. Die drei Vampire knallen mit den Köpfen zusammen. Sekundenlang schauen sie dumm aus der Wäsche, dann gehen sie zornig brüllend aufeinander los.
»Aufhören, ihr Blödmänner! Er entwischt uns!«, ruft der Punkvampir plötzlich.
Abrupt stellen sie ihre Prügelei ein und nehmen die Verfolgung auf.
Jacko rennt weiter, ohne sich umzusehen. In der Ferne sieht er die Lichter einer Einkaufsstraße. Dort werden sie es nicht wagen, ihn anzugreifen. Rasch wirft er einen Blick über die Schulter. Die drei folgen ihm mit enormem Tempo. Sie schweben eher, als dass sie rennen. Jacko wendet den Kopf wieder nach vorn. Bei jedem Schritt wirbelt Schnee auf. Seine Arme gehen wie Pumpenschwengel auf und ab. Die Lichter kommen immer näher. Aber auch das wütende Zischen seiner Verfolger wird immer lauter. Wieder sieht er sich um. Jetzt sind sie ihm dicht auf den Fersen. Sie scheinen überhaupt nicht müde zu werden. Das Licht der Straßenlaternen huscht über ihre bleichen Gesichter, Schneeflocken tanzen um sie herum. Jacko schaut wieder nach vorn und wird urplötzlich von den Scheinwerfern eines Autos geblendet, das direkt auf ihn zukommt.
Gerade noch rechtzeitig springt er zur Seite. Das Auto rast haarscharf an ihm vorbei und rammt in voller Fahrt den Punkvampir,

der mitten auf der Straße hinter Jacko herrennt. Der Vampir wird wie eine Stoffpuppe durch die Luft geschleudert, rollt über das Autodach und plumpst in den Schnee.

Ha ha, der ist hinüber, denkt Jacko. Aber der Vampir steht einfach wieder auf und grinst ihn bösartig an. Die Rücklichter des Autos verschwinden in der Nacht. Offenbar hat der Fahrer überhaupt nicht bemerkt, dass er jemanden angefahren hat. Vielleicht kann er die Vampire gar nicht sehen, vielleicht existieren sie nur in meinem Kopf, denkt Jacko niedergeschlagen. Er rappelt sich auf und rennt weiter.

Die drei Vampire kommen wieder näher. Jacko hört sie lachen. Für ihn jedenfalls sind sie so echt wie er selbst. Jacko ist total erschöpft, aber er flieht dennoch weiter, mehr fallend als laufend. Endlich! Er hat die Einkaufsstraße erreicht.

Jacko biegt um die Ecke und rennt in eine Ladenpassage. Die Straße ist mit Weihnachtsbeleuchtung festlich geschmückt. Überall sind Weihnachtsbäume aufgestellt und in den Schaufenstern stehen künstliche Schneemänner in künstlichem Schnee. Aber es ist kein Mensch zu sehen und die Läden sind alle schon geschlossen. In einer großen Schaufensterscheibe auf der gegenüberliegenden Seite sieht Jacko seine drei Verfolger um die Ecke schlendern, als hätten sie alle Zeit der Welt. Haben sie ja auch, sie sind schließlich tot, denkt er resigniert. Jacko ist am Ende. Jeden Moment können die drei ihm an den Hals gehen. Verzweifelt rüttelt er an den Ladentüren, aber niemand macht auf. »Hilfe!«, ruft er. »Ist denn hier keiner?«

Doch, da ist jemand! Etwa hundert Meter entfernt auf der anderen Straßenseite kommt ein Mann auf Jacko zu. Es ist ein Polizist, der ein Fahrrad schiebt. Unter dem Vordach eines Schaufensters bleibt er stehen, um sich eine Zigarette anzuzünden. Mit letzter Kraft überquert Jacko die Straße und schleppt sich zu ihm hin.

Verdutzt sieht der Polizist auf. »Was gibt's denn, Junge?«, fragt er. »Sie müssen mir helfen!«, keucht Jacko. »Ich werde verfolgt! Von drei Vampiren!«
Der Polizist schaut über Jackos Schulter. »Aha, Vampire. Und wo sind die, bitte schön?«
Jacko dreht sich um. Ist der Polizist etwa blind? Er muss sie doch sehen! Sie sind ihm dicht auf den Fersen.
Die Straße ist leer, die Vampire sind nirgends zu entdecken. Plötzlich sieht Jacko drei Gestalten aus einem Hauseingang kommen. »Da! Da sind sie! Sehen Sie doch!« In seiner Panik klammert er sich an den Polizisten und drückt sein Gesicht in dessen Mantel. Stirnrunzelnd betrachtet der Polizist die näher kommenden Gestalten.
»Das sollen also Vampire sein.« Seine Stimme klingt verärgert. »Die kommen wohl aus dem Seniorenheim für pensionierte Blutsauger.«
»Was sagen Sie da?« Jacko dreht sich um. Die drei Gestalten gehen jetzt an einem hell erleuchteten Schaufenster vorbei. Es sind drei alte Damen mit Einkaufstaschen.
»Sie sehen ausgesprochen blutrünstig aus«, sagt der Polizist. Sein Gesicht ist rot angelaufen. »Schämst du dich eigentlich nicht, du Rotzbengel? Drei alte Omas mit Gebiss als Vampire zu beschimpfen! Eine Tracht Prügel hättest du verdient!«
»Aber ich . . .«
»Halt den Mund und mach, dass du fortkommst! Du kannst froh sein, dass ich dich nicht wegen übler Nachrede verwarne. Wahrscheinlich wolltest du bei deinen Freunden Eindruck schinden, was? Heute erfolgreich einen Polizisten auf die Schippe genommen!«
Jackos lässt die Arme hängen. Es hat keinen Sinn. Auch die Polizei glaubt nicht an Vampire.

»Komm mir bloß nicht mehr in die Quere«, sagt der Polizist. Er steigt auf sein Rad und fährt davon. Jacko rennt ihm nach, aber der Polizist tritt kräftig in die Pedale, ohne sich noch einmal umzusehen.

»Psst, Jacko«, flüstert eine Stimme. Eine weiße Hand mit langen schmutzigen Fingernägeln packt Jacko am Kragen und zerrt ihn in eine dunkle Seitengasse.

10. SARA

Da sind sie wieder. Alle drei. Sie geifern, legen die Köpfe schräg und kreisen Jacko ein, sodass ihm von ihrem faulen Grabesatem ganz übel wird.
»*Welcome to the club,* Jacko«, grinst der Punkvampir. Mit einem Schrei reißt Jacko seinen Kopf zur Seite. Die Zähne des Vampirs schrammen haarscharf an seinem Hals vorbei.

Plötzlich ertönt das asthmatische Quieken einer Hupe in der Gasse und gleich darauf eine Mischung aus Klingeln und Tuten. Blendende Lichtstrahlen durchschneiden die Dunkelheit. Immer wieder blitzt grelles weißes Licht auf und wird von den Wänden und vom Schnee reflektiert.
Den drei Vampiren bleibt vor Staunen der Mund offen stehen. Jacko glaubt seinen Augen nicht zu trauen: Eine Art klappriges Mini-Raumschiff kommt inmitten von blitzenden Lichtern auf ihn zugesegelt. Er sieht Chrom blinken, eine Art Sessel mit rotierenden feurigen Rädern. Auf dem Sessel sitzt unter einem aufgespannten Regenschirm ein wunderlicher Mann mit karierter Mütze, in der einen Hand einen langen spitzen Stock und in der anderen eine riesige Laterne. Ihr breiter Lichtstrahl fällt auf die drei Vampire. Am Lenkrad sind Fotoblitzgeräte befestigt, die nacheinander grell aufleuchten.
Jacko sieht eine Explosion schwarzer Flecken und Streifen. Er blinzelt. Als er wieder normal sehen kann, sind die Vampire verschwunden. Drei Fledermäuse flattern auf. Sie stoßen hohe Laute aus und fliegen aus dem Lichtkegel der Laterne.

Das Fahrzeug schlingert durch den Schnee auf Jacko zu und kommt direkt vor ihm zum Stehen.
»Verflixt, sie sind entkommen«, sagt der Fahrer des merkwürdigen Gefährts. Er schaltet die Alarmglocken und Blinklichter aus und mit einem Schlag ist es totenstill in der Gasse.
Mit offenem Mund starrt Jacko seinen Retter an. Erst jetzt, da die blendenden Lichter aus sind, kann er ihn richtig sehen. Es ist ein alter Mann, der sich in eine Wolldecke gewickelt hat. Sein Kopf unter der karierten Mütze ist so kahl wie eine Billardkugel und er trägt einen weißen Kranzbart. Er sieht aus wie ein freundlicher Gartenzwerg. Das eindrucksvolle Gefährt ist nichts anderes als ein mit Hupen und Klingeln ausgerüsteter Rollstuhl. Die Radspeichen sind mit Lichterketten umwickelt. An der Rückenlehne hängt ein Korb voller Stöcke, die alle an einem Ende angespitzt sind.
Der alte Sonderling mustert Jacko und grinst ihn zahnlos an: »Tja, Pech gehabt. Nächstes Mal klappt es besser, was?«
»Wer . . . wer sind Sie?«
»Ich? Ich bin Valerian, der Fledermausfänger«, kichert der Alte. »Fast hätte ich ein Exemplar für meine Sammlung aufgespießt.«
»Das waren keine gewöhnlichen Fledermäuse, das waren Vampire«, sagt Jacko.
Der alte Mann sieht ihn an und lacht geheimnisvoll. »Vampire? Glaubst du? Ich hab doch gerade drei Fledermäuse davonfliegen sehen.« Er schnäuzt sich in seine Wolldecke.
»Ob es nun Fledermäuse waren oder nicht – jedenfalls sind sie weg. Und du gehst jetzt besser nach Hause, mein Junge. Hier bist du nicht sicher, so allein im Dunkeln. Adieu.« Er stellt den Motor seines Rollstuhls an. Bevor Jacko noch etwas sagen kann, rauscht und pufft er davon.
Jetzt ist es in der Gasse wieder still und dunkel. Verwirrt lehnt Ja-

cko an der Mauer. Um ihn herum fällt der Schnee in dicken weißen Flocken. Alles sieht aus, als wäre an diesem Abend nichts Außergewöhnliches vorgefallen.
Das muss ich jemandem erzählen, denkt Jacko. Sonst glaube ich bald selber noch, dass ich verrückt geworden bin. Sara! Sara wohnt nicht weit von hier und heute Abend bin ich ohnehin mit ihr verabredet. Sara muss mir zuhören. Sie muss mir glauben. Jacko beginnt zu laufen; eigentlich ist es eher ein Stolpern als ein Laufen. Als er endlich bei Sara klingelt, ist er vollkommen ausgepumpt. Keuchend hält er sich am Türpfosten fest.

»Hallo, Jacko, da bist du ja schon«, sagt Sara, als sie die Tür öffnet. Dann mustert sie ihn von Kopf bis Fuß und runzelt die Stirn.
»Lieber Himmel, wie siehst du denn aus!«
Jackos Hemd hängt aus der Hose und seine Jacke hat einen Riss. Der Schweiß läuft ihm in kleinen Bächen den Rücken hinab, die Kleider kleben ihm am Leib. Er sieht aus wie ein Penner, der drei Tage im Rinnstein gelegen hat. Die Welt um ihn dreht sich wie ein Karussell. Er bringt ein schiefes Lächeln zu Stande.
»Hallo, Sara. Alles paletti!« Dann kippt er vornüber.
Sara hilft Jacko auf die Beine und stützt ihn, während sie ihn zum Sofa im Wohnzimmer führt. »So, leg dich erst mal hin.« Sie knöpft seine Jacke auf und hilft ihm heraus.
»Das kann ich allein«, protestiert Jacko, aber Sara duldet keinen Widerspruch.
»Still jetzt! Hier hast du eine Tasse Tee. Die trinkst du und danach erzählst du mir genau, was los war. Hat dich womöglich ein Pitbull angefallen?«
Schweigend trinkt Jacko den Tee. Zum ersten Mal an diesem Abend fühlt er sich einigermaßen wohl. Aber als er sich aufrichten will, dreht sich wieder alles um ihn.

»Liegen bleiben!«, befiehlt Sara. »Fang am Anfang an! Ich höre zu.«
Jacko zögert. Einerseits will er Sara nicht mit in diese Geschichte hineinziehen, aber es bleibt ihm nichts anderes übrig. Außerdem muss er sie warnen, vielleicht ist ja auch sie in Gefahr.

Er erzählt ihr alles. Von Edje mit seinem blassen Gesicht, von dem Nachtwächter mit seinem Wolfshund bis hin zum Angriff der Vampire. Er erzählt ihr sogar von seinem Alptraum, in dem sie vorkam. Sara hört die ganze Zeit zu, ohne ihm ins Wort zu fallen.
»Die Jungs von der Sonnenbrillenbande sind also eine Art Handlanger des Vampirs geworden«, schließt Jacko seinen Bericht. »Sie haben ihn ›den Chef‹ genannt. Ich bin sicher, dass sie den Nachtwächter meinen. Die Sonnenbrille, der Fledermausring, der Wolfshund. Alles deutet darauf hin. Und dann ist urplötzlich dieser verrückte Alte in seinem Weihnachtsrollstuhl aufgetaucht. Er hat mir das Leben gerettet, weil er zufällig auf Fledermausjagd war.«
Sara steht auf. Ohne ein Wort geht sie in die Küche und kommt mit der Teekanne zurück.
Jacko betrachtet ihre Hände, die die Teekanne mit dem Blümchenmuster festhalten. Schöne Hände hat sie, denkt er. Aber sie sagt noch immer nichts.
»Du musst mir glauben, Sara. Niemand glaubt mir, und das kann ich nicht mehr ertragen.«
Sara verdreht die Augen und schüttelt den Kopf. »Hast du schon mal daran gedacht, zu einem Psychiater zu gehen, Jacko? Eine so abgedrehte Geschichte hab ich noch nie gehört. Sie kann unmöglich wahr sein.«
»Ich erfinde das doch nicht, Sara. Auf keinen Fall. Nur völlig Verrückte würden so was erfinden.«

»Eben«, sagt Sara. »Vampire, Gartenzwerge im Rollstuhl. Es ist der reinste . . .«
Weiter kommt sie nicht, denn etwas schlägt hart ans Fenster. Jacko stößt vor Schreck seine Teetasse um.

11. ANGRIFF DER FLEDERMÄUSE

Was war das?«, flüstert Jacko. »Bekommst du noch Besuch?«
Sara schüttelt den Kopf. »Nicht dass ich wüsste. Mein Vater kann es nicht sein, der hat einen Schlüssel.«
In diesem Moment hören sie ein kratzendes Geräusch, als würde jemand die Fingernägel an der Scheibe entlangziehen.
Sara wird wütend. »Was soll denn das? Wenn es Angela von gegenüber ist, dreh ich ihr den Hals um!« Mit energischen Schritten geht sie zum Fenster.
»Warte, Sara«, ruft Jacko, »vielleicht ist es der Vampir.«
»Nun hör schon auf! Ich glaub nicht an diesen Unsinn.« Mit einer heftigen Bewegung zieht Sara den Vorhang weit auf. Einen Augenblick steht sie wie angewurzelt vor dem Fenster, dann weicht sie mit einem Schrei zurück.
Jacko steht vom Sofa auf und zieht Sara vom Fenster weg. Entsetzt starrt er das Monsterwesen an, das sich außen an die Scheibe presst. Es hat eine schwarze hundeähnliche Schnauze, spitze Ohren und glühende Augen. Schwarze Hautflügel klatschen in einem fort gegen die Scheibe. Klauen mit langen Nägeln fahren quietschend über das Glas.
Jacko will den Furcht erregenden Kopf der Fledermaus nicht anschauen, aber er kann die Augen nicht von ihm wenden. Er ist wie hypnotisiert. Die glühenden Augen des Untiers scheinen ihn festzuhalten. Auf einmal schiebt Sara Jacko beiseite und geht wieder auf das Fenster zu. Die hypnotische Wirkung auf Jacko lässt nach, aber nun wird Sara wie von einer unsichtbaren Hand zum Fenster hingezogen. Jacko merkt, was sie vorhat. Sie will das Fenster öff-

nen. Hinter der großen Fledermaus erscheinen jetzt drei kleinere. Sie flattern vor dem Fenster herum und stoßen hohe Laute aus. Saras Hand geht langsam zur Fensterklinke empor. Sie bewegt sich wie eine Schlafwandlerin.
»Nicht, Sara!«, schreit Jacko. »Lass ihn nicht rein, sonst sind wir verloren!«
Sara hört ihn nicht. Ihre Hand packt den Fenstergriff.
Jacko macht einen Satz nach vorn, stößt Sara weg und zieht die Vorhänge zu.
Die große Fledermaus heult vor Wut auf. Ihre Flügel schlagen heftig gegen das Fenster und die Klauen kratzen über das Glas – ein Geräusch, das durch Mark und Bein geht.

Sara liegt der Länge nach auf dem Fußboden und sieht Jacko verdutzt an. »Was ist passiert?« Sie wirft einen angsterfüllten Blick zum Vorhang hinüber, hinter dem das Kreischen, Kratzen und Flattern der Fledermäuse zu hören ist.
»Es ist der Vampir«, sagt Jacko mit zittriger Stimme. »Er hatte dich in seiner Macht. Du darfst einem Vampir niemals in die Augen sehen.«
Sara ist käseweiß geworden. Sie starrt Jacko an, offenbar erinnert sie sich wieder. »Was war nur mit mir los? Ich wollte tatsächlich das Fenster aufmachen und ihn reinlassen. Ich musste einfach, ich konnte gar nichts dagegen tun.«
Die Vampire draußen machen immer mehr Radau. Sie kratzen wie besessen und kreischen in den höchsten Tönen. Es ist zum Wahnsinnigwerden.
Sara hält sich mit beiden Händen die Ohren zu. »Aufhören, aufhören!«, schreit sie. »Ich halte das nicht mehr aus!«
Jacko sieht sich ratlos im Zimmer um. Hinter dem Vorhang ist jetzt ein schweres dumpfes Klatschen zu hören, als würden sich

die Fledermäuse gegen das Fenster werfen. Gleich bricht das Glas und sie kommen herein, denkt Jacko. Er traut sich nicht den Vorhang aufzuziehen, weil er dann wieder in die roten Augen sehen müsste.

Eine Waffe. Jacko braucht etwas, um sich und Sara zu verteidigen. Leider ist das Wohnzimmer keine Waffenkammer. Also muss er sich mit einem Stuhl behelfen. Er zieht ihn unter dem Esstisch hervor und hebt ihn mit beiden Händen hoch, sodass er zuschlagen kann, wenn die Vampire durchs Fenster brechen.

Sara hat sich wieder gefangen. Sie packt einen Hocker und stellt sich neben Jacko. »In unser Wohnzimmer kommt mir kein einziger von diesen dämlichen Vampiren rein«, sagt sie.

Die Fledermäuse schlagen noch immer mit den Flügeln ans Fenster.

»Wenn uns jemand so sehen könnte – als furchtlose Vampirtöter«, sagt Jacko. »Ein Hocker und ein Stuhl, die idealen Waffen, um einen Vampir zur Strecke zu bringen.«

Auf einmal wird es draußen totenstill. Auf dem Vorhang zeichnet sich ein großer Lichtfleck ab und das Brummen eines Automotors dringt ins Zimmer.

12. GERETTET

Paps ist da!«, ruft Sara.
Jacko lässt den Stuhl sinken und zieht vorsichtig den Vorhang auf. Die Fledermäuse sind verschwunden und in der Auffahrt steht knatternd der rote Kleinbus von Saras Vater.
»Wir sind gerettet!«, jubelt Sara. Vor lauter Erleichterung nimmt sie Jacko in die Arme.
Jacko ist völlig verdattert. Er legt den Kopf an ihre Schulter. Erst jetzt beginnt er am ganzen Leib zu zittern. »Glaubst du mir nun?«, flüstert er.
Sara nickt. »Tut mir Leid, das mit dem Psychiater vorhin.«
Das Türschloss klickt und Saras Vater kommt herein.
»Aha, hier wird also intensiv gelernt«, sagt er.
Verlegen lässt Jacko Sara los.
Sara geht auf ihren Vater zu und gibt ihm einen Kuss. »Ich hab mich nur bei Jacko bedankt, Paps, weil er mir bei meinem Aufsatz so toll geholfen hat.«
»Hm ja, das sehe ich. Worum geht's denn in dem Aufsatz?«
Sara wechselt einen schnellen Blick mit Jacko. »Um ... äh ... um Vampire, Paps.«
»Vampire? Und ich dachte immer, für solchen Unsinn hättest du nichts übrig.« Saras Vater zwinkert Jacko zu. »Da sieht man mal wieder, dass man die eigene Tochter lange nicht so gut kennt, wie man glaubt.«
Jacko weiß nicht, was er antworten soll. Es hat wenig Sinn, die Wahrheit zu sagen. Saras Vater würde sie bestimmt für die abwegigste Ausrede halten, die er je gehört hat.

Zum Glück ist er ein netter Mensch. Obwohl er müde aussieht, meint er, Jacko habe sich eine Nachhausefahrt im Auto verdient. »Weil du Sara bei ihrem Aufsatz geholfen hast«, sagt er.
Jacko wird rot, weil er an diesem Abend nicht eine einzige Sekunde an den Aufsatz gedacht hat, aber Saras Vater merkt es zum Glück nicht.
»Was meinst du, Sara«, sagt er, »wollen wir Jacko rasch nach Hause bringen?«
»Das ist lieb von dir, Paps.«
Jacko versucht sich seine Erleichterung nicht anmerken zu lassen. Jetzt muss er nicht allein durch die Dunkelheit nach Hause gehen.
Auf dem Weg zum Auto flüstert er: «Ich glaube nicht, dass sie heute Abend noch mal kommen. Und morgen vernichte ich den Vampir. Es ist der Nachtwächter, das weiß ich ganz genau.«
»Wie willst du das denn anstellen?«, fragt Sara. Ihr Vater sitzt schon im Wagen und lässt den Motor an.
»Ich schlage ihm einen Holzpflock ins Herz«, sagt Jacko. »Das ist die einzige Möglichkeit, einen Vampir unschädlich zu machen.«
Bevor Sara etwas darauf sagen kann, ruft ihr Vater: »Kommt ihr heute noch?« Unterwegs reden sie kein Wort mehr über Vampire.

Jackos Mutter ist noch nicht vom Computerkurs zurück, als er nach Hause kommt. Opa liegt auf dem Sofa und sieht fern. In der Hand hat er ein Glas mit einer roten Flüssigkeit, vermutlich Rotwein.
»Na, mein Junge, da bist du ja wieder. Hast du einen netten Abend bei deiner kleinen Freundin gehabt?« Er nimmt einen Schluck. Ein paar Tropfen Wein rinnen ihm aus dem Mundwinkel. Es sieht aus, als tropfe Blut aus seinem Mund. Alles und jedes erinnert Jacko zurzeit an Vampire.

»Ich bin von Vampiren angegriffen worden«, platzt er heraus, bevor er sich dessen richtig bewusst ist.

»Na so was«, sagt Opa und nimmt noch einen Schluck. »Haben sie dich denn gebissen?«

»N-nein«, sagt Jacko verblüfft, weil Opa das so locker nimmt.

»Dann mach dir nichts draus, mein Junge. So was kommt vor, wenn man in der Pubertät ist. In meiner Jugend hatte ich auch solche Probleme. Die lösen sich mit der Zeit von selber.« Opa wendet seine Aufmerksamkeit wieder dem Fernseher zu.

»Haben die denn nichts anderes zu bieten als diese dussligen Quizsendungen!«, meckert er.

Jacko verschlägt es die Sprache. In letzter Zeit kann er mit Opas Antworten rein gar nichts mehr anfangen. Hat er etwa zu viel Wein getrunken oder baut er womöglich geistig ab? Reif fürs Altersheim sozusagen. Man kann nicht mehr normal mit ihm reden.

»Gute Nacht, Opa«, sagt Jacko. Niedergeschlagen geht er die Treppe hinauf. Bevor er sich schlafen legt, kontrolliert er die Fenster. Anschließend holt er aus der Küche einen Strang Knoblauch, den er mit einem Nagel am Fensterrahmen befestigt. Vampire verabscheuen Knoblauch, heißt es in den Büchern. Jacko hofft, dass das stimmt. Kaum liegt er im Bett, ist er auch schon eingeschlafen.

13. ES GEHT UMS GANZE

Ob es nun am Knoblauch gelegen hat, weiß Jacko nicht, jedenfalls träumt er in dieser Nacht nicht von Vampiren. Bevor er zur Schule geht, sucht er im Garten einen kräftigen Birkenast und spitzt ihn an einem Ende an. Er fühlt sich wie ein richtiger Vampirjäger. Eine Waffe hat er nun also, bleibt nur noch, dem Vampir entgegenzutreten und ihn zu durchbohren. Seine Hand zittert leicht, als er den Pflock in seine Mappe steckt. Dann macht er sich auf den Weg in die Schule.

In der Pause steht Jacko mit Sara auf dem Schulhof. Sara hat dunkle Ringe unter den Augen. Sie hat nicht gut geschlafen, das ist deutlich zu sehen. Schweigend beobachten sie die anderen Schüler. Vielleicht sind manche bereits von dem Vampir gebissen worden, ohne dass sie es wissen, denkt Jacko. Wie viele, das lässt sich nicht sagen. Vielleicht zwei, vielleicht aber auch zweihundert. Heute ist schon wieder ein Junge aus seiner Klasse nicht aufgetaucht. Die Liste des Rektors mit den Grippefällen wird jeden Tag länger. Aber das scheint niemandem verdächtig vorzukommen. Niemand ahnt oder will glauben, dass das Grippevirus ebenso gut ein Vampirvirus sein kann. Jackos Entschluss steht fest. Nach dem Unterricht wird er dem Nachtwächter auflauern und ihm mit dem Pflock zu Leibe rücken.
»Ich finde deinen Plan lebensgefährlich«, sagt Sara. »Aber wenn du ihn unbedingt durchziehen willst, lass ich dich nicht allein. Ich warte nach der Schule auf dich.«
»Du spinnst wohl«, sagt Jacko. »Ich erledige das allein. Das kann

ganz schön brenzlig werden und ich will auf keinen Fall, dass dir was passiert.« Er klopft auf seine Schultasche. »Hier drin hab ich einen Holzpflock. Sobald der Nachtwächter den Hof betritt, spieße ich ihn damit auf wie ein Schaschlik und fertig ist die Laube.« Im Grunde genommen fühlt er sich nicht halb so mutig, wie er daherredet. Er hat eine Heidenangst davor, dem Vampir allein entgegenzutreten, aber Sara gegenüber gibt er sich cool.
»Kommt nicht in Frage«, sagt Sara. »Ich warte auf dich. Da müssen wir gemeinsam durch.«
Auf einmal steht Damian Valen neben ihnen und grinst über das ganze Gesicht. »Du bist heute so blass, Jacko. Hast du etwa wieder einen Vampir gesehen?«
»Du siehst selber auch nicht gerade toll aus«, sagt Sara, bevor Jacko antworten kann. »Dein Problem ist allerdings, dass du so geboren bist.«
Das Grinsen verschwindet aus Damians Gesicht. Mit frostigem Blick schaut er Sara und Jacko an. Über dem Weiß seiner Augen liegt ein roter Schimmer.

Es klingelt; der Schultag ist zu Ende. Alle Klassenzimmer leeren sich. In der Halle wartet Sara auf Jacko.
»Wenn die anderen weg sind, verstecken wir uns im Fahrradschuppen«, flüstert Jacko. »Und wenn er dann reinkommt, überrumpele ich ihn.«
Eine halbe Stunde kauern sie dicht nebeneinander zwischen den Fahrrädern. Bisher ist der Nachtwächter noch nicht aufgetaucht. Auf dem Schulhof draußen ist es bereits dunkel.
»Wollen wir nicht lieber nach Hause gehen?«, fragt Sara. »Ich glaube nicht, dass der Plan besonders gut ist. Das Ganze ist viel zu gefährlich.«
Sie hat ja Recht, denkt Jacko. Der Plan taugt wirklich nicht viel.

Was kann ich schon mit einem angespitzten Ast gegen einen Vampir ausrichten? Aber er will sich keine Blöße geben. Er will Sara seinen Mut beweisen. Außerdem ist es ein schönes Gefühl, hier neben ihr zu sitzen. Das möchte er noch ein Weilchen auskosten.

Plötzlich ist vom Hof her Flügelschlagen zu hören. Jacko bekommt Herzrasen und Sara wird ganz starr. Mehrere Tauben flattern gurrend über den Hof und landen vor dem Fahrradschuppen. Jacko und Sara sehen einander an und kichern nervös.

Wieder verstreicht eine lange Zeit. Es wird immer kälter und draußen vor dem Schuppen beginnt es, leicht zu schneien.

Jacko geht die Warterei auf die Nerven. Vor lauter Kälte ist er schon ganz verkrampft. Eigentlich sieht er erst jetzt so richtig ein, wie stümperhaft sein Plan ist. Er hat sich das Ganze nur ausgedacht, um Sara zu imponieren. Aber nun fühlt er sich nicht einmal mehr in der Lage, mit einer Stecknadel eine Fliege aufzuspießen.

»Komm, wir hauen ab«, flüstert er. »Du hast Recht: Der Plan taugt nichts.«

In diesem Moment hören sie wieder etwas. Am Eingang des Fahrradschuppens steht eine dunkle Gestalt. Es ist der Nachtwächter, der mit einer Hand den Wolfshund am Kopf krault. Sie haben ihn nicht kommen hören.

Der Fahrradschuppen hat nur eine Tür. Es gibt also keine Möglichkeit, zu entkommen. Ruhig und gelassen kommt der Nachtwächter zwischen den Fahrradständern auf sie zu. »Jacko, du kommst ja wie gerufen!«, sagt er.

Mit lautem Flügelschlagen flattern die Tauben vor dem Schuppen auf.

Der Pflock, denkt Jacko. Jetzt muss ich ihn doch einsetzen. Er ist meine einzige Waffe. Zu blöd! Den Pflock hat er ja noch gar nicht

aus der Schultasche geholt! Rasch beugt er sich über die Tasche und schnallt den Riemen auf.
Dann drückt er auf die beiden Metallschlösser, die immer so schwer aufgehen. Jetzt natürlich auch, und der Nachtwächter ist schon fast bei ihnen. Fieberhaft fummelt Jacko an den Schlössern herum. Endlich springen sie auf. Er greift in die Tasche und lässt dabei den Nachtwächter nicht aus den Augen. Der ist inzwischen so nahe herangekommen, dass sich Jacko und Sara in seinen Brillengläsern spiegeln. Der Wolfshund folgt ihm auf dem Fuß. Jetzt geht es ums Ganze.
»Stirb, du Mistvampir!«, ruft Jacko und reißt den Pflock aus der Tasche. Er schwenkt ihn über dem Kopf und stürzt sich mit einem Schrei auf den Nachtwächter.

14. DAS GEHEIMNIS DES NACHTWÄCHTERS

Verblüfft bleibt der Nachtwächter stehen. Mit einer Hand wehrt er Jackos Arm ab, mit der anderen windet er ihm den Pflock aus der Hand. Er bricht ihn einfach auseinander, als wäre er ein Streichholz. Der Fledermausring an seinem Finger blitzt auf.
Sara springt vor und zieht Jacko rasch vom Nachtwächter weg.
Der Mann lässt Jackos Arm los und schüttelt dann den Kopf. »Du glaubst also, dass ich es bin«, sagt er. Einen Moment lang lächelt er traurig. »Du irrst dich, Jacko, und wenn du meinst, mit solch einem Stöckchen könntest du einen Vampir umbringen, dann liegst du völlig falsch. Der Vampir, mit dem wir es zu tun haben, benutzt so was als Zahnstocher.«
Jacko versteht nur noch Bahnhof.
Sara sieht den Nachtwächter misstrauisch an.
Er nimmt die Sonnenbrille ab. Zum ersten Mal sehen sie sein ganzes Gesicht. Es ist schmal und zerfurcht. Über den Nasenrücken und die eine Augenbraue zieht sich eine weiße Narbe. Seine Augen sind stahlblau.
»Ihr braucht keine Angst zu haben«, sagt er. »Ich bin auf eurer Seite. Mein Name ist Gaspar und ich bin Vampirjäger.«
Der Wolfshund legt sich auf den Boden. Mit dem Kopf auf den Pfoten schaut er schräg nach oben zu seinem Herrn.
»Glaubt mir, ich bin wirklich kein Vampir. Und vor Vladimir braucht ihr auch keine Angst zu haben. Er ist darauf abgerichtet, Vampire aufzuspüren.« Der Nachtwächter setzt seine Sonnenbrille wieder auf. »Wir haben offenbar einen gemeinsamen Geg-

ner: den Vampir, der die Schüler des Stoker-Gymnasiums bedroht.«
Sara und Jacko starren den Mann mit offenem Mund an. Er scheint mehr über die ganze Sache zu wissen als sie.
»Ich sehe, es hat euch die Sprache verschlagen«, sagt Gaspar. »Hier ist es lausig kalt und außerdem unsicher. Gehen wir zu mir nach Hause, dort ist es warm und wir sind gut gegen Vampire geschützt. Wir müssen miteinander reden.«

Kurz darauf sitzen sie in Gaspars Wohnzimmer auf einem schwarzen Ledersofa, das nach Knoblauch stinkt. Gaspar wohnt nur ein kurzes Stück von der Schule entfernt in einer unauffälligen Seitenstraße. Sein Haus hängt voller Kruzifixe und sämtliche Fenster sind mit Knoblauchsträngen gesichert. Alles Abwehrmittel gegen Vampire.
In einer Zimmerecke sehen sie einen Schirmständer, in dem jedoch kein Schirm steht, sondern ein Bündel Holzpflöcke mit angespitzten Enden.
Vladimir ist draußen vor dem Haus und hält Wache.
Gaspar setzt sich in einen knarrenden Sessel. »Zunächst will ich euch etwas über unseren Gegner erzählen«, sagt er. »Zehn Jahre jage ich nun schon hinter diesem Vampir her. Seine blutige Spur hat mich durch viele Länder geführt und schließlich hierher ans Stoker-Gymnasium. Als hier ein Nachtwächter gesucht wurde, habe ich die Chance genutzt. Ich hatte den Verdacht, dass er diese Schule zu seinem Jagdgebiet erkoren hat.« Gaspar sieht Jacko an. »Erst als ich sah, wie Vladimir auf deinen Freund reagierte, war ich mir sicher. Vladimir spürte, dass Edje von einem Vampir gebissen worden war, deshalb hat er sich so aufgeführt. Und ich weiß, dass noch mehr Schüler mit dem Vampirgift infiziert sind. Ich habe euch sehr genau beobachtet. Irgendwo in der Schule

muss der Sarg des Vampirs stehen, aber ich habe ihn noch nicht gefunden. Er versteckt sich gut.«

»Warum ist er ausgerechnet hierher gekommen?«, fragt Sara.

Gaspar grinst, aber nicht gerade fröhlich. »Eine Schule wie eure ist ein Paradies für einen Vampir. Hier hat er seine Opfer direkt vor der Nase. Hunderte blutjunger Kinder. Und genau darauf ist Varlok aus: auf Kinderblut.«

»Varlok?«, sagt Jacko.

Gaspar nickt. »Varlok – so heißt er. Er ist der Vampirkönig, der Vampir aller Vampire sozusagen. Ursprünglich war er ein rumänischer Edelmann, der im siebzehnten Jahrhundert lebte. Er war ein wahnsinniger Kindermörder und wurde aufgehängt. Als man in sein Schloss eindrang, saß er gerade beim Frühstück. Vor ihm auf dem Tisch stand ein Teller, in dem eine Kinderhand lag. In den Verliesen seines Schlosses fand man einen ganzen Berg Kinderskelette.«

Jacko schluckt. Seine Fußzehen krümmen sich.

Sara starrt Gaspar ungläubig an.

»Eine schöne Geschichte ist das wahrhaftig nicht«, sagt Gaspar leise. »Als sich die Schlinge um seinen Hals zuzog, verfluchte Varlok seine Häscher. ›Ich komme wieder!‹, rief er. ›Als der schlimmste Alptraum eurer Kinder!‹ Er starb unter hämischem Gelächter.« Gaspar rückt ein Stück mit seinem Stuhl. »Ein halbes Jahr nach seinem Begräbnis verschwand der Sarg aus der Gruft. Varlok war als Vampir zurückgekehrt und mächtiger als je zuvor. Er konnte sich jetzt in eine Fledermaus verwandeln und mit seinem Blick den Menschen seinen Willen aufzwingen. Wieder fielen ihm dutzende Kinder zum Opfer. Er war untot, konnte ewig leben und ernährte sich von Kinderblut.«

Jackos Hände sind beim Zuhören schweißnass geworden. Saras Gesicht ist aschfahl. Ihnen war nicht bewusst, dass sie es mit ei-

nem so mächtigen uralten Gegner zu tun haben. Jacko zittert, als er daran denkt, dass er dem Vampir mit einem Birkenast zu Leibe rücken wollte.
Plötzlich beginnt Vladimir aufgeregt zu bellen. Gaspar fährt aus seinem Sessel hoch. »Warum führt er sich so auf?« Alle drei lauschen angestrengt.
Das Gebell hört abrupt auf. Gaspar entspannt sich wieder.
»Falscher Alarm. Nun gut, dann will ich die Geschichte rasch zu Ende erzählen. Natürlich traten bald Vampirjäger auf den Plan und schließlich musste Varlok flüchten. Mit seinem Sarg, in dem er tagsüber schläft, zog er durch die ganze Welt. Überall hinterließ er eine blutige Spur, doch niemand schaffte es, ihn zu vernichten. Er ist so schlau wie ein Fuchs und so stark wie zehn Männer. Außerdem ist er ein Verwandlungskünstler. Er kann Tiergestalt annehmen. Meist tritt er als Fledermaus in Erscheinung, weil er sich dadurch nachts schnell und unauffällig fortbewegen kann. Außerdem kann er auch die Gestalt von Menschen annehmen, die er getötet hat.«
Sara schüttelt den Kopf, als könnte sie das alles einfach nicht glauben. »Was genau passiert mit jemandem, der von einem Vampir gebissen worden ist?«
Gaspar macht eine hilflose Handbewegung. »Ein Vampir saugt seinem Opfer das Blut aus. Außerdem ist in den Eckzähnen eine Art Gift, wie auch Schlangenzähne Gift enthalten können. Wenn jemand gebissen wird, gelangt das Gift in die Blutbahn. Es verbreitet sich langsam im Körper des Opfers. Nach einiger Zeit stirbt derjenige und wird selber zum Vampir.«
»Die drei von der Sonnenbrillenbande«, sagt Jacko. »Er hat Vampire aus ihnen gemacht.«
»Und wer ist sein nächstes Opfer?«, fragt Sara mit düsterer Miene.
Jacko wird mit einem Mal kreidebleich. »Edje! Edje hat vorgestern

schon so anders ausgesehen. Seine Zähne waren länger als sonst. Und sein Gesicht war eingefallen, blutleer. Im Krankenhaus glauben sie, er leide an Blutarmut. Aber ich habe die Vampirzüge in seinem Gesicht gesehen.«

Erregt steht Gaspar auf. »Was sagst du da? Das ist ein schlechtes Zeichen. Womöglich schwebt Edje schon zwischen Leben und Tod. Das heißt, er wird allmählich zum Vampir. Hätte ich doch nur früher eingegriffen! Wir müssen sofort zum Krankenhaus und retten, was noch zu retten ist.«

»Edje stirbt also?«, fragt Jacko beklommen. Er fühlt sich schuldig, weil er nicht früher an Edje gedacht hat.

Gaspar ergreift eine große, offenbar sehr schwere Ledertasche.

»Nicht wenn wir rechtzeitig bei ihm sind. Ich habe ein Vampirantiserum entwickelt. Edje hat Vampirgift im Blut. Mein Serum reinigt das Blut und macht das Gift unschädlich. Wenn ich ihm das Serum rechtzeitig injizieren kann, ist er gerettet.« Gaspar stopft rasch noch ein paar Dinge in die Tasche und eilt mit großen Schritten zur Tür.

»Komm, Vladimir!«, ruft er, als sie draußen sind. Der Wolfshund kommt schwanzwedelnd angerannt und springt hinten in den alten Landrover, der am Straßenrand geparkt ist. In diesem Wagen hat Gaspar den Vampir durch die ganze Welt verfolgt. Sie steigen ein und Gaspar braust los.

15. EDJE DREHT DURCH

Weshalb verfolgen Sie den Vampir schon zehn Jahre lang und haben nie aufgegeben?«, fragt Sara.
Der Landrover rast durch die stillen Straßen. Es dauert einen Moment, bevor Gaspar antwortet.
»Vor zehn Jahren war ich noch Schriftsteller. Damals habe ich Horrorgeschichten geschrieben und mit meiner Frau und meiner zehnjährigen Tochter zeitweise in London gewohnt. Ich ahnte nicht, dass es Vampire wirklich gibt. Wie jeder andere kannte ich sie nur aus Gruselbüchern. Eines Tages wurde meine Tochter krank. Sie litt an Blutarmut und wurde immer blasser. Schließlich starb sie. Aber eines Nachts sah ich sie wieder. Sie war zum Vampir geworden. Und daran war Varlok schuld, wie sie mir berichtete. Ich habe sie eigenhändig mit einem Holzpflock durchbohrt, um ihre Seele zu retten. Meine Frau starb vor Kummer. Damals wurde mein schwarzes Haar in einer einzigen Nacht schlohweiß.«
»Wie schrecklich«, flüstert Sara.
Gaspar nickt und dreht dabei am Lenkrad. »Nun wisst ihr, warum ich Varlok notfalls bis ans Ende der Welt verfolgen werde. Nach dem Tod meiner Frau bin ich nach Rumänien gereist und habe Varloks Lebensgeschichte in alten Büchern entdeckt. Ich habe mir geschworen, mein ganzes weiteres Leben der Jagd nach diesem Vampir zu widmen. Der Fledermausring soll mich stets an diesen Schwur erinnern. Ich habe sozusagen den Federhalter gegen den Holzpflock eingetauscht.«

Mit quietschenden Reifen kommt der Wagen auf der Auffahrt des

Krankenhauses zum Stehen. Inzwischen ist es neun Uhr und das Krankenhaus liegt vollkommen still da.

»Bestimmt lassen sie uns so spät gar nicht mehr zu Edje«, flüstert Sara.

Gaspar nimmt einen weißen Kittel und ein Stethoskop aus seiner Tasche. Er schlüpft in den Kittel und hängt sich das Stethoskop um den Hals. »Wie ihr seht, bin ich auf alles vorbereitet. Es ist schon merkwürdig: Kein Mensch glaubt heutzutage an Vampire, aber sobald man einen weißen Kittel anhat, glaubt jeder sofort, man sei ein Arzt. Ihr werdet sehen.«

Sie steigen aus. Vladimir bleibt im Wagen liegen.

»Pass gut auf das Auto auf, alter Knabe«, sagt Gaspar. Mit seiner Ledertasche in der Hand betritt er das Gebäude durch die gläserne Schiebetür.

Jacko und Sara folgen ihm. Am Empfang sitzt der Portier und liest in einer Zeitschrift. Er blickt kurz auf. Als er Gaspar sieht, grüßt er und liest dann weiter. »Habt ihr gesehen, was ich meine?«, flüstert Gaspar.

Rasch durchqueren sie die Halle und betreten den Aufzug. Im vierten Stock hält er und sie steigen aus. Auf dem Flur ist kein Laut zu hören. Alle Türen sind geschlossen. Wahrscheinlich schlafen die meisten Patienten bereits.

»Ganz hinten, die letzte Tür, Zimmer 425«, flüstert Jacko. In diesem Augenblick gellt ein markerschütternder Schrei durch den Flur. Er kommt aus Edjes Zimmer.

»Los, Beeilung!«, schreit Gaspar. Er rennt auf Zimmer 425 zu, reißt die Tür auf und stürmt hinein. Sara und Jacko folgen ihm. An der Türschwelle bleiben sie wie angewurzelt stehen. Quer über Edjes Bett liegt die Nachtschwester. Sie ist offenbar ohnmächtig geworden.

Edje hockt auf ihr, den Kopf zu ihrem Hals herabgebeugt.

»Er ist ein Vampir! Er hat sie gebissen!«, ruft Sara.
Edje richtet sich auf, wirft ihnen einen wilden Blick zu und grinst dann. Seine Augen leuchten tiefrot. Seine Eckzähne sind lang und gebogen wie Halbmonde. Und aus den Mundwinkeln tropft Blut.
Gaspar zögert keinen Augenblick. Er stürzt auf das Bett zu und zerrt Edje von der Nachtschwester weg. Edje zischt wie eine Schlange, aber Gaspar hält ihn mit eisernem Griff fest.
»Schnell, meine Tasche!«, keucht er. »Da ist eine Spritze drin und ein Fläschchen mit Vampirantiserum. Zieh es auf, Jacko, und spritz es ihm in den Arm! Aber schnell, ich kann ihn nicht mehr lange festhalten.«
Obwohl Edje völlig ausgemergelt wirkt, ist er unglaublich stark. Er dreht und windet sich, um sich aus Gaspars Klammergriff zu befreien. Die beiden wälzen sich im Kampf neben der bewusstlosen Nachtschwester auf dem Bett. Das Bett wackelt und rutscht über den Boden.
Rasch greift Jacko nach der Spritze. Aber seine Hände zittern so, dass er sie nicht aufziehen kann.
»Lass mich mal«, sagt Sara. »Mein Vater hat Zucker, ich helfe ihm öfter beim Spritzen.« Sie nimmt Jacko die Spritze aus der Hand und zieht sie schnell und fachkundig auf. Jacko staunt, wie ruhig Sara bleibt.
Edje tobt und faucht wie besessen. Er hat Schaum vor dem Mund und tritt mit den Füßen in alle Richtungen.
»Pass auf, dass er dir die Spritze nicht aus der Hand schlägt«, keucht Gaspar.
Jacko steigt auf das Bett, um Gaspar zu helfen Edje festzuhalten. »Mensch, Edje, wie führst du dich denn auf!«, sagt er.
Edje knurrt und schnappt nach Jackos Hals. Anscheinend erkennt er ihn überhaupt nicht.

Sara krempelt eilig einen von Edjes Ärmeln hoch, sucht eine Ader und sticht ihm die Nadel in den Arm. Edjes Augen werden sekundenlang doppelt so groß wie sonst, dann fallen ihm die Lider zu, sein Körper erschlafft und er sackt zusammen.
»Es ist vorbei«, sagt Gaspar.
Vorsichtig legen sie Edje wieder hin.
Sorgenvoll betrachtet Jacko seinen Freund, der ganz bleich und schlaff daliegt. »Er ist doch hoffentlich nicht tot? Waren wir zu spät?«
Gaspar schüttelt den Kopf, Schweißtropfen fliegen umher. Er ist noch immer außer Atem. »Nein, wir sind gerade noch rechtzeitig gekommen. Er hat sich zwar schon wie ein Vampir verhalten, aber er war noch kein richtiger. Sonst hätte das Serum keine Wirkung gehabt. Es wirkt nur bei Personen, die durch einen Vampirbiss infiziert sind. Bei richtigen Vampiren hilft nur noch der Holzpflock.«
Die Nachtschwester liegt noch immer reglos da. Sie wimmert. Gaspar zieht die Spritze ein zweites Mal auf und gibt ihr eine Injektion. »Sicherheitshalber. Edjes Biss ist ungefährlich, weil er noch kein echter Vampir war, aber durch die Spritze wird sie sich an nichts mehr erinnern. Das ist besser so.«
»Was machen wir jetzt?«, fragt Sara. Sie wischt Edje das Blut aus den Mundwinkeln und deckt ihn bis unters Kinn zu. Er atmet ruhig mit halb geöffnetem Mund. Die Vampirzüge sind aus seinem Gesicht verschwunden. Seine Zähne sind wieder kurz und gerade.
»Mach dir keine Sorgen um Edje«, sagt Gaspar. »Er wird ungefähr achtundvierzig Stunden schlafen, danach ist er wieder der Alte. Er wird sich an nichts erinnern.«

Die Nachtschwester öffnet die Augen und setzt sich verdutzt auf.

Noch leicht benommen, sieht sie Gaspar an. »Wer sind Sie? Ich kenne Sie überhaupt nicht.«
»Ich bin neu hier«, sagt Gaspar. »Ich fürchte, Sie sind ohnmächtig geworden.«
»Hm, merkwürdig«, sagt die Nachtschwester. Sie wirft einen kurzen Blick auf Edje, der jetzt ganz friedlich schläft.
»So was Verrücktes, ich kann mich an gar nichts erinnern.« Plötzlich sieht sie Jacko prüfend an: »Kenne ich dich nicht irgendwoher? Bist du nicht der Junge, der glaubt, hier treibe ein Vampir sein Unwesen?«
»Ein Vampir?«, sagt Jacko. »Wer glaubt denn schon an Vampire!«

16. WIRD OPA SENIL?

Jetzt bringe ich euch erst mal nach Hause«, sagt Gaspar. Sie sitzen wieder im Landrover und fahren die Auffahrt des Krankenhauses entlang. Vladimir schläft, er hat den Kopf in Saras Schoß gelegt. »Eure Eltern werden sich schon wundern, wo ihr geblieben seid«, sagt Gaspar.

»Mein Vater bestimmt nicht«, meint Sara. »Der kommt selber erst spät nach Hause«

»Meine Mutter wird ganz schön wütend sein«, sagt Jacko. »Was soll ich ihr bloß sagen?«

»Lass dir eine Ausrede einfallen«, sagt Gaspar. »Die wird sie dir eher abnehmen als die Wahrheit.«

Sara schaudert. »Was ist dieser Vampir doch für ein grässliches Monster, dass er Edje so was antut! Sind wir überhaupt irgendwo vor ihm sicher? Können wir denn noch in die Schule gehen?«

Gaspar lenkt den Wagen mit einer Hand um die Kurve. Mit der anderen klopft er Sara beruhigend auf die Schulter. »Kein Grund zur Panik. Im Unterricht kann euch nichts geschehen. Ein Vampir greift tagsüber nie an. Er muss warten, bis die Sonne untergegangen ist. Außerdem kann er nicht so einfach in ein Haus hinein. Er muss erst von einem der Bewohner dazu aufgefordert werden. Das ist eine alte Regel. Haltet zu Hause die Fenster und Türen geschlossen und lasst niemanden herein!«

Die Scheinwerfer fallen auf eine dunkle Gestalt, die gerade die Fahrbahn überquert. Mitten auf der Straße bleibt sie stehen und hebt den Arm.

Sara und Jacko erschrecken, aber es ist nur ein Betrunkener, ein armer Tropf, der rasch zur Seite springt, als Gaspar ärgerlich hupt. Sie biegen in die Straße ein, in der Sara wohnt. Vor ihrem Haus hält Gaspar an.

»Wir haben keine Zeit mehr zu verlieren«, sagt er. »Edje haben wir zwar gerettet, aber wer weiß, wie viele weitere Schüler bereits gebissen worden und infiziert sind. Es gibt nur eine Lösung. Ich muss den Vampir rasch finden und ihn töten. Wenn Varlok vernichtet ist, hat sein Biss keine Wirkung mehr. Jeder, den er mit seinem Gift infiziert hat, wird auf der Stelle davon geheilt.« Gaspar nimmt die Sonnenbrille ab und reibt sich die Augen.

»Morgen ist die Schule wegen der Theateraufführung am Abend schon um halb vier aus«, sagt er. »Sobald alle weg sind, werde ich das ganze Gebäude durchkämmen. Es ist Zeit, zum Angriff überzugehen. Ich gehe jede Wette ein, dass Varloks Sarg irgendwo in der Schule versteckt ist.« Er sieht Sara und Jacko mit ernster Miene an. »Wollt ihr mir helfen? Ihr beiden seid die Einzigen, denen ich trauen kann.«

Jacko und Sara zögern keinen Augenblick. Gaspar hat Edje gerettet, sie können ihn jetzt nicht im Stich lassen.

»Morgen hab ich Geburtstag«, sagt Jacko. »Wenn wir den Vampir besiegen, ist das mein schönstes Geburtstagsgeschenk. Ich bin dabei.«

»Ich auch«, sagt Sara.

»Prima«, sagt Gaspar. »Ich glaube, diesmal erwische ich ihn. Zehn Jahre lang haben Vladimir und ich ihn allein gejagt, weil niemand sonst an Vampire glauben wollte. Man hat mich sogar für verrückt erklärt und wollte mich in eine Anstalt einweisen. Zum ersten Mal hab ich Hilfe.«

Sara lächelt Gaspar an. Sie drückt Jackos Arm und steigt aus dem Wagen. »Dann also bis morgen.«

Gaspar fährt Jacko nach Hause und setzt ihn vor der Haustür ab. »Warte morgen um vier am Fahrradschuppen auf mich«, sagt er. »Bis Sonnenuntergang schläft der Vampir in seinem Sarg. Wir haben dann etwa eine Stunde Zeit, ihn zu finden. Das ist nicht viel, aber es muss reichen. Gegen fünf geht die Sonne unter, dann steigt er aus dem Sarg. Wir müssen ihn auf jeden Fall vorher finden. Ich bringe genügend Holzpflöcke mit.«

»Wo in aller Welt kommst du her?«, fragt Jackos Mutter, als er das Zimmer betritt.
»Ich war . . . äh . . . bei Edje im Krankenhaus«, sagt Jacko, und das ist nicht einmal gelogen.
»Hättest du nicht anrufen können? Heute Abend war übrigens Besuch da.«
»Tatsächlich? Wer denn?«
»Niemand Geringeres als der Rektor deiner Schule«, sagt Mutter. »Er wollte uns kennen lernen. Er hat auch nach dir gefragt.«
Stimmt. Der Rektor macht Hausbesuche, das hat ihm Edje erzählt. Pech für den Rektor, denkt Jacko. Hätte er sich eben einen anderen Tag aussuchen sollen. Der Mann hat ja keine Ahnung, was an seiner Schule vorgeht.
»Hat er irgendwas Besonderes gesagt, Mutti?«
Mutter schüttelt den Kopf. »Wir haben nur kurz über dich gesprochen. Er hatte es eilig, weil er noch mehr Besuche machen wollte.«
»Ich kann ihn nicht ausstehen«, sagt Opa plötzlich. Er sitzt mit einem Glas Rotwein im Ohrensessel. »Hab ihn übrigens noch nie ausstehen können.«
»Was redest du da, Opa!«, sagt Mutter. »Du hast ihn doch vorher nie gesehen.« Sie wirft Jacko einen Blick zu. »Opa wird allmählich ein bisschen senil«, flüstert sie. »Ich glaube, er bringt Erinnerun-

gen aus seiner Jugend mit der heutigen Zeit durcheinander.« Sie schüttelt den Kopf.
»Es ist zwar lange her, aber ich hab ihn sofort wieder erkannt«, brummt Opa eigensinnig wie ein Kleinkind. Er steht auf. »Mir fällt gerade ein, dass ich in den Bogenschützenverein muss. Wir haben heute Abend eine Versammlung. Morgen machen wir alle zusammen einen Ausflug.«
»Morgen hat Jacko Geburtstag!«, ruft Mutter.
Opa zieht die Augenbrauen hoch. »Tatsächlich? Das hab ich dann wohl vergessen. Nun ja, das Schöne an Geburtstagen ist, dass sie sich jedes Jahr wiederholen. Nächstes Jahr hat Jacko wieder Geburtstag und ich verspreche, dass ich dann dabei bin.« Er zwinkert Jacko zu.
»Macht nichts, Opa«, sagt Jacko. Er hat einen Kloß im Hals. Vielleicht ist morgen der letzte Geburtstag meines Lebens, denkt er.

»Übrigens, Jacko«, sagt Mutter, als er sich bereits zur Treppe wendet. »Würdest du in Zukunft bitte keine Knoblauchstränge mehr an dein Fenster hängen? Wozu soll das bloß gut sein? Ich hab das Ding abgenommen, damit es nicht so riecht.«
Jacko will protestieren, aber dann lässt er es sein. Schließlich kommt es nicht darauf an. Ein Vampir kann nicht ins Haus, wenn er nicht vorher dazu aufgefordert wurde, hat Gaspar gesagt. Und Jacko hat ganz gewiss nicht vor, Varlok hereinzubitten. Kaum liegt er im Bett, schläft er auch schon. Morgen, denkt er noch, morgen werde ich dreizehn. Morgen gehe ich mit Sara auf Vampirjagd. Auch eine Art, Geburtstag zu feiern.

17. DIE JAGD BEGINNT

Am nächsten Morgen fühlt sich Jacko total zerschlagen. Ihm ist leicht übel und er hat einen scheußlichen Geschmack im Mund. So also fühlt man sich, wenn man dreizehn wird, denkt er. Da wäre ich doch lieber zwölf geblieben.

Als er die Treppe herunterkommt, umarmt ihn seine Mutter. Sie drückt ihm ein in buntes Papier verpacktes Geschenk in die Hand. Heute Morgen ist Jacko allerdings nicht so neugierig auf sein Geschenk wie an anderen Geburtstagen. Als er das Papier aufreißt, kommt ein Baukasten für einen Diplodocus zum Vorschein.

»Der Hokuspokus«, sagt Mutter strahlend. »Den hast du dir doch gewünscht.«

Normalerweise hätte Jacko vor Freude einen Riesenluftsprung gemacht. Heute aber murmelt er nur ein kurzes Dankeschön und stellt das halb ausgepackte Geschenk aufs Büfett. Es fällt schwer, sich für einen Dinosaurier aus Plastik zu begeistern, wenn man am selben Tag Jagd auf einen leibhaftigen Vampir machen wird.

Mutter fasst seine Reaktion falsch auf. »Freust du dich denn gar nicht, mein Junge? Hab ich etwa doch den Falschen gekauft?«

»Nein, bestimmt nicht. Den wollte ich schon so lange. Ganz vielen Dank, Mutti. Ich baue ihn gleich heute Abend zusammen.«

Am Frühstückstisch bekommt Jacko kaum einen Bissen hinunter. Auch seine Mutter scheint nicht ganz auf dem Damm zu sein. Ihre Augen tränen und sie niest mehrmals hintereinander. Sie schaut Jacko forschend an.

»Warum isst du so wenig, Jacko? Du wirst mir doch hoffentlich

nicht an deinem Geburtstag krank. Überhaupt, in letzter Zeit siehst du recht mitgenommen aus.«
»Ich bin bloß müde vom vielen Lernen, Mutti. Pass du nur selber auf, dass du nicht krank wirst.« Er schiebt den Teller beiseite, nimmt einen Schluck Tee und steht auf.
»Zum Glück fangen morgen die Weihnachtsferien an«, sagt Mutter und niest wieder. »Dann hast du genug Zeit zum Ausruhen. Den einen Tag wirst du schon noch überstehen.«
Ja, denkt Jacko. Nur noch rasch einen Vampir zur Strecke bringen und dann sind Weihnachtsferien. Schließlich kann er ihr nicht sagen, dass dies der gefährlichste Tag seines Lebens wird. Er nimmt die Schultasche und gibt seiner Mutter einen besonders langen Kuss. Dabei hat er das merkwürdige Gefühl, dass es vielleicht der letzte Abschiedskuss ist.
»Grüß Opa von mir, Mutti«, sagt er hastig. »Sag ihm . . . sag ihm, dass ich ihn furchtbar gern mag.«
Mutter sieht ihm verdutzt nach, als er schnell aus dem Haus rennt.

»Herzlichen Glückwunsch«, sagt Sara. Sie küsst Jacko spontan auf die Wange. Er ist total überrascht, aber nicht einmal Saras Kuss kann sein Unbehagen vertreiben.
Der Himmel ist grau verhangen und verheißt allem Anschein nach nichts Gutes für den Tag.
»Hast du Angst?«, flüstert Sara.
»Riesige Angst«, gibt Jacko zu. »Ich wollte, wir hätten das Ganze schon hinter uns.«
Sara nickt. »Ich hab auch fürchterlich Schiss. Was Gaspar jetzt wohl macht?«
Jacko zuckt mit den Schultern. »Vielleicht spitzt er seine Pflöcke an.« Einen Augenblick lang tut ihm der Vampir Leid. Es muss

kein Vergnügen sein, hunderte von Jahren durch die Welt zu ziehen. Immer auf der Suche nach Blut. Immer auf der Flucht vor Jägern mit Holzpflöcken. Stets in Gefahr, dass sie einen irgendwann finden, wenn man tagsüber im Sarg schläft. Und dann schlagen sie einem solch einen spitzen Pflock ins Herz. Jacko erschrickt über seine eigenen Gedanken. Jetzt bekommt er doch tatsächlich noch Mitleid mit dem fiesen alten Blutsauger!

Da heute der letzte Tag vor den Ferien ist, findet kaum noch regulärer Unterricht statt. Alle freuen sich auf die Vorstellung im Theater, die um halb sechs beginnen soll. Vier Schüler sind krank gemeldet worden. In Jackos Klasse fehlen jetzt schon sieben Kinder. Haben sie alle die Grippe? Oder sind sie von dem Vampirvirus befallen?

Herr Lobit jedenfalls macht sich darum keine Gedanken. Er hat David Kroon als Ersatzmann für Edje bestimmt. Ab und zu wirft er Jacko einen seltsamen Blick zu. Bestimmt ist er beleidigt, weil ich in seinem Stück nicht mitspielen will, denkt Jacko. Ach, der kann mich mal mit seiner Vampirvorstellung.

Um vier Uhr stehen Sara und Jacko am Fahrradschuppen. Die letzten Schüler verlassen den Hof und die beiden bleiben allein zurück.

Kurz darauf spaziert Gaspar mit Vladimir durch den Eingang. Jacko erkennt ihn erst gar nicht. Er hat die schwarze Farbe aus seinem Haar gewaschen, das jetzt schlohweiß ist. Und er trägt keine Sonnenbrille mehr.

»Ich brauche mich nicht mehr zu verkleiden«, sagt er. »Ich will, dass Varlok mir in die Augen sieht und mich erkennt, wenn er stirbt.« Er wirkt entschlossen und sehr selbstsicher. Über der Schulter trägt er eine Tasche, aus der vier oder fünf Pflöcke he-

rausschauen. Gaspar greift in die Tasche und zieht zwei lange Knoblauchstränge heraus. »Hier. Die müsst ihr euch um den Hals hängen. Sie schützen euch einigermaßen gegen den Vampir.« Er strafft den Rücken und legt ihnen die Hände auf die Schultern. »Seid ihr bereit?«

Jacko und Sara nicken. Sie sind beide ziemlich blass. Jacko ist sogar ein wenig übel. Der Knoblauch verströmt einen penetranten Geruch. Ich kann mir gut vorstellen, dass sich Vampire davor ekeln, denkt er und verzieht das Gesicht.

»Kopf hoch«, sagt Gaspar. »Mit etwas Glück haben wir die Welt demnächst von einer großen Plage befreit.«

Vladimir wedelt mit dem Schwanz und reibt den Kopf an ihren Händen, als wollte er ihnen Mut machen.

»Okay, die Vampirjagd kann beginnen«, sagt Gaspar.

Über der Schule ballen sich dunkle Wolken zusammen. Das Gebäude, das noch vor einer halben Stunde voller Leben und Lärm war, wirkt nun finster und bedrohlich. Wie das Schloss eines Vampirs.

18. DIE LEICHE IM KELLER

Gaspar öffnet die Tür mit einem seiner Schlüssel und betritt mit Jacko und Sara das Gebäude. Hinter ihnen fällt die Tür ins Schloss und sie stehen – von der Außenwelt abgeschlossen – in der Halle.

»Wir fangen im Keller an«, flüstert Gaspar. »Da kommt nie jemand hin. Man kann dort problemlos einen Sarg verstecken, ohne dass ein Hahn danach kräht.«

Schweigend gehen sie einen langen Flur entlang. Einen Flur, der tagsüber ganz gewöhnlich wirkt, jetzt aber wie ein gefährlicher Tunnel anmutet, in dem jeden Moment ein Vampir auftauchen kann.

Es ist beängstigend still. Jacko zuckt bei jedem Geräusch zusammen. Die Heizungsrohre blubbern vernehmlich. Dielen knarren. Irgendwo schlägt ein offenes Fenster. Niemand sagt etwas. Es ist, als könnte jedes Wort verheerende Folgen haben.

Gaspar geht unbeirrbar voran und lässt sich von den Geräuschen nicht irritieren. Jacko ist von dem Knoblauchgeruch um ihn herum noch leicht schlecht. Immer wieder tränen seine Augen. Er wirft einen Blick auf Sara, die neben ihm geht. Anscheinend verträgt sie den ekelhaften Geruch besser als er. Sie wirkt erstaunlich ruhig. Mit einer Hand streicht sie ihr rotes Haar zurück. Jacko sieht ihren Hals. Einen schönen Hals hat sie, denkt er. So richtig zum Reinbeißen.

Woher kommt dieser seltsame Gedanke? Jacko ist völlig perplex. Jetzt ist keine Zeit für solchen Unsinn, denkt er verärgert.

Am Ende des langen Flurs ist eine Treppe, die zu einer Tür führt.

Gaspar nimmt seinen Schlüsselbund, den er am Gürtel trägt, und steckt einen Schlüssel ins Schloss. Es knirscht, als wäre es seit hundert Jahren nicht mehr benutzt worden. Gaspar öffnet die Tür. Aus der undurchdringlichen Schwärze schlägt ihnen kalte muffige Luft entgegen.
Nirgendwo ist ein Lichtschalter zu entdecken. »Dann eben nicht«, sagt Gaspar und nimmt eine Taschenlampe aus seiner Ledertasche. Von der Türöffnung aus lässt er den Lichtkegel durch den pechschwarzen Raum wandern. Sie sehen alte Schulbänke, staubige Ordner und Kartons voller Papier. Vorsichtig betreten sie den Keller.
»Hier ist er anscheinend nicht«, murmelt Gaspar.
»Huch!«, ruft Sara. Sie macht einen Schritt zurück und stößt dabei Jacko an.
»Was ist?«, fragt er erschrocken.
»Mir ist was über den Fuß gekrochen!«
In der Dunkelheit sehen sie kleine Äuglein funkeln. Vladimir gibt ein Knurren von sich.
»Ratten. Die tun dir nichts«, sagt Gaspar. Als er weitergeht, huschen kleine Krabbeltiere zwischen den Kartons davon.
»Unheimliche Viecher«, sagt Sara. Sie nimmt Jackos Hand. Er drückt sie beruhigend.
»Hier, schaut mal!«, ruft Gaspar und kniet sich auf den Boden. Sara und Jacko gehen zu ihm hin. Auf dem Fußboden ist ein dicker Eisenring zu sehen.
»Hier ist eine Luke. Darunter ist noch ein Raum.« Gaspar zieht an dem Ring und öffnet die Luke.
Ein abscheulicher Gestank schlägt ihnen entgegen. Die drei halten sich die Nase zu. Gaspar leuchtet mit der Taschenlampe in die Finsternis.
Unter der Luke befindet sich ein quadratischer Verschlag aus ro-

hem Mauerwerk. Sie beugen sich über den Rand der Luke und schauen hinab. Gaspar pfeift durch die Zähne. Auf dem Boden liegt eine Gestalt in seltsam verkrümmter Haltung.
Der Vampir!, schießt es Jacko durch den Kopf. Aber als Gaspar seine Taschenlampe auf die Gestalt richtet, sieht er, dass es eine Leiche ist.
Sara wendet das Gesicht ab und auch Jacko schaut in eine andere Richtung. Gaspar hat in den zehn Jahren als Vampirjäger schon öfter Leichen gesehen.
»Offenbar liegt der arme Kerl bereits wochenlang hier«, sagt er. »Sieht übel aus. Hat sich das Genick gebrochen.« Er richtet den Lichtkegel auf das Gesicht des Toten, um es genauer zu betrachten. »Wer kann das sein? Kennt ihr ihn vielleicht?«
Jacko beugt sich widerwillig über die Öffnung. Es kostet ihn große Überwindung, die Leiche anzusehen. Das Gesicht ist zum Teil schon verwest. Trotzdem erkennt Jacko den Mann. »Es ist der Rektor«, sagt er.

19. DER SARG DES VAMPIRS

Was sagst du da?« Gaspar fährt hoch und leuchtet Jacko mitten ins Gesicht.

»Es ist der Rektor«, flüstert Jacko. »Aber wie kann er schon seit Wochen hier liegen? Gestern Abend war er doch noch bei uns. Oder hat er einen Zwillingsbruder?«

Gaspar schlägt sich mit der flachen Hand an die Stirn. »Der Rektor. Warum bin ich nicht früher darauf gekommen. Jetzt ist mir alles klar.«

Sara und Jacko verstehen nicht, was er meint.

»Ich hab den Rektor nie persönlich kennen gelernt«, erklärt Gaspar. »Die Schulleitung hat mich zwar angestellt, aber der Rektor war nicht dabei. Ich glaube, Vladimir hätte ihn sofort erkannt. Er lässt sich nicht durch Verkleidungen und Gestaltsveränderungen irreführen.«

»Wie meinen Sie das?«, fragt Sara.

»Versteht ihr denn nicht? Das hier ist die Leiche eures richtigen Rektors. Varlok muss ihn schon vor Wochen umgebracht haben. Dann hat er seinen Platz eingenommen, ohne dass es jemand bemerkt hat. Schließlich kann er die Gestalt von Personen annehmen, die er getötet hat. Ihr habt einen Vampir als Rektor.«

Sara und Jacko können keinen Ton sagen, so verblüfft sind sie.

Gaspar ist durch die Entdeckung völlig aus dem Häuschen. »Dieser schlaue Fuchs ist durchtriebener als der Teufel selber. Nur Varlok kann solch einen gemeinen Plan aushecken. Wenn er als Rektor irgendwo klingelt, lässt ihn jeder ins Haus. Und ist ein Vampir erst einmal ins Haus gebeten worden, kann er von da an jede Nacht mü-

helos ein und aus gehen. Fenster und Türen sind dann kein Hindernis mehr für ihn.«
Jacko starrt Gaspar erschrocken an. »Das stimmt. Der Rektor war bei Edje zu Besuch, kurz bevor er die Vampirkrankheit bekommen hat.«
Auf einmal wird er kreideweiß. »Und gestern Abend war er bei uns. Also bin ich jetzt zu Hause nicht mehr sicher.«
»Mach dich nicht verrückt«, sagt Gaspar, »wir wissen ja nun, wer er ist. Wenn wir seinen Sarg gefunden haben, ist es aus mit ihm.«
»Aber wo ist der Sarg?«, fragt Sara.
Gaspar fährt sich nachdenklich über die Schläfen. »Gute Frage. Jedenfalls nicht hier im Keller.«
»Vielleicht steht er in seinem Zimmer«, sagt Jacko.
Gaspar klappt die Luke zu. »Kommt, wir gehen zum Rektorat.«

Sie rennen die Flure entlang. Draußen dämmert es bereits. Die Zeit vergeht wie im Flug, denkt Jacko. Es wird viel zu schnell dunkel.
Als sie das Büro des Rektors erreichen, kratzt Vladimir bereits mit den Vorderpfoten an der Tür und bellt aus Leibeskräften. Die Tür ist abgeschlossen, aber Gaspar hat sie mit einem Dietrich an seinem Schlüsselbund im Handumdrehen geöffnet.
»Nehmt euch in Acht!« Vorsichtig macht er die Tür auf.
Im Zimmer ist es stockdunkel. Die Vorhänge an den großen Fenstern sind zugezogen. Das einzige Möbelstück im Raum ist der riesige Schreibtisch des Rektors. Gaspar geht ans Fenster und zieht die Vorhänge auf, um Licht hereinzulassen. Es bleibt aber dunkel. Die Fenster sind mit Sperrholzplatten abgedichtet, die kein bisschen Licht durchlassen. Jacko drückt auf den Lichtschalter. Die Hängelampe über dem Schreibtisch geht an und wirft einen gelben Lichtkreis auf die Tischplatte.

»Er hat das Zimmer so präpariert, dass kein Sonnenstrahl hereinkommt«, sagt Gaspar. »Daher kann er notfalls auch tagsüber hier sitzen.«

Gaspar lässt den Blick durch den Raum schweifen. »Wo ist nur der Sarg? Ein Vampir ist tagsüber immer todmüde. Er muss ein paar Stunden in seinem Sarg schlafen, um wieder zu Kräften zu kommen.«

Jacko sieht sich ebenfalls um. Nirgends ist eine Tür zu sehen, auch kein verborgener Schrank, in dem man einen Sarg verstecken könnte. Vladimir geht schnüffelnd um den Schreibtisch herum und jault leise.

»Was hast du, Vladimir?«, fragt Gaspar. Er geht neben dem Hund in die Hocke. Vladimir jault wieder und kratzt am Schreibtisch.

»Mit dem Schreibtisch stimmt was nicht«, sagt Gaspar. »Kommt mal her.« Jacko und Sara kauern sich neben ihn. Vladimir bellt und läuft unruhig um den Schreibtisch herum. Jacko rutscht auf den Knien hinter dem Hund her.

»Hier ist ein Knopf!«, ruft er. »Man sieht ihn nicht, weil der Rand der Schreibtischplatte ein Stück vorsteht.« Jacko drückt mit dem Daumen auf den Knopf.

Sofort bewegt sich die Platte. Wie ein Deckel klappt sie langsam nach oben, bis sie schließlich, von zwei eisernen Klavierbändern gehalten, senkrecht steht.

Das Schreibtischinnere ist hohl. Ein schwarzer Sarg steht darin.

20. DAS MONSTER IM SARG

Die drei Vampirjäger stehen um den schwarzen Sarg herum. Schweigend. Angewidert. In diesem Ding hat der Vampir also all die Jahrhunderte geschlafen, nachdem er sich am Blut seiner Opfer gesättigt hatte. Uralte scheußliche Grabesluft steigt von dem Sarg auf. Er ist ein Symbol des Bösen. Vladimir jault unaufhörlich.
Endlich durchbricht Gaspar die bleierne Stille. Er nimmt einen Hammer und einen Holzpflock aus der Tasche. »Endlich haben wir ihn«, sagt er. »In diesem Sarg schläft er. Der Tag der Abrechnung ist gekommen.«
Jacko bemerkt mit Schrecken Gaspars Gesichtsausdruck. In seinen Augen blitzt Wahnsinn auf. Mordlust. Sein Blick ist so hasserfüllt, dass Jacko ein Schaudern nicht unterdrücken kann. Ein Glück, dass ich kein Vampir bin, denkt er. Dann nimmt er wieder den Knoblauchgeruch um sich herum wahr. Seine Augen beginnen erneut zu tränen.
»Mach den Sarg auf, aber erschrick nicht«, sagt Gaspar mit eiskalter Stimme zu Jacko. »Vermutlich sieht er grässlich aus. Ich weiß nicht, in welcher Gestalt er im Sarg liegt. Vielleicht schläft er mit offenen Augen. Schau ihm keinesfalls in die Augen. Tust du es doch, dann bist du verloren.«
Jacko zögert. Wer weiß, was sich in dem Sarg verbirgt. »Nun mach schon, Jacko«, flüstert Sara, die sein Zögern bemerkt.
Jacko schüttelt die Angst von sich ab.
Zusammen packen sie den Deckel und ziehen mit aller Kraft daran. Gaspar hat den Holzpflock im Anschlag, um ihn dem Vampir ins Herz zu treiben. Sein Blick ist auf den Sarg geheftet.

»Der Deckel ist schwer wie Blei«, stöhnt Jacko. »Er lässt sich kaum bewegen.«
»Dann zieht fester!«, befiehlt Gaspar. »Schnell! Die Sonne kann jeden Moment untergehen.« Seine Stimme ist heiser vor lauter Anspannung.
»Los, noch mal!«, keucht Sara.
Stöhnend versuchen sie es ein weiteres Mal. Ganz langsam gibt der Deckel nach. Dann springt er von selbst auf.

Ein ohrenbetäubendes Kreischen ertönt. Aus dem Sarg wallt dicker grauer Nebel. Sie sehen blutrote Augen darin glühen. Im Sarg setzt sich mit klappernden Knochen ein Skelett auf.
Sara und Jacko prallen zurück, straucheln und fallen auf den Rücken. Auch Gaspar taumelt zurück, stolpert über seine Tasche und kracht mit dem Kopf gegen die Scheuerleiste. Jacko und Sara rappeln sich auf und rennen panisch in eine Zimmerecke. Sogar Vladimir presst sich mit eingezogenem Schwanz an die Wand.
Der erstickende Nebel füllt das ganze Zimmer, aber sie können trotzdem sehen, wie sich das Skelett mit ungelenken Bewegungen aufrichtet. Dann geschieht etwas Unfassbares. Jacko glaubt zu träumen. Rasend schnell bildet sich Fleisch auf den blanken Knochen. Haut kriecht wie flüssiges Wachs über den Schädel, bis der Kopf völlig davon bedeckt ist. Zerfall in umgekehrter Abfolge. Die Nase stülpt sich vor, sie wird lang und schnabelförmig. Unter den Achseln entfalten sich Flügel wie Regenschirme. Das Ganze dauert nicht mehr als fünf Sekunden. Das Monster schlägt mit den Flügeln und stößt einen gellenden Schrei aus. Es sieht aus wie eine Riesenfledermaus, aber sein langer spitzer Schnabel ist mit mehreren Reihen messerscharfer Zähne besetzt.
Mit offenem Mund starrt Jacko das Ungeheuer an. Ein Pterodactylus!, schießt es ihm durch den Kopf. Varlok hat die Gestalt eines

Pterodactylus angenommen. Der Kopf des Urtiers schwankt auf dem dünnen faltigen Hals hin und her. Aber die Augen sind die eines Vampirs. Sie heften sich auf Jacko. Der weicht entsetzt zurück. Er hat das Gefühl, jemand niste sich in seinem Geist ein. Er ist kurz davor, ohnmächtig zu werden.
Der gezähnte Schnabel des Monsters öffnet sich zu einem spöttischen Grinsen. Dann wendet er sich von Jacko ab und nimmt Sara ins Visier. Ihr Angstschrei bringt Jacko wieder zur Besinnung. Sara liegt ausgestreckt auf dem Boden, das Ungeheuer ist direkt über ihr.
Plötzlich knurrt Vladimir und springt das Monster an. Doch der Hund hat nicht die geringste Chance. Das furchtbare Maul geht auf und schließt sich um Vladimirs Hals. Ein kurzer Ruck und der Hund fällt leblos zu Boden.
Jacko schreit vor Wut. Ohne nachzudenken, springt er auf, reißt sich den Knoblauchstrang vom Hals und schleudert ihn in den aufgesperrten Rachen. Ein Zucken durchläuft den mageren Hals des Pterodactylus. Er beginnt zu röcheln und zu würgen. Aber noch immer halten seine Klauen Sara fest. In ihrer Not reißt sich auch Sara den Strang vom Hals und wirft ihn dem Urtier in den Schlund. Es kreischt schrill auf und macht einen Satz zurück. Offenbar sind ihm zwei Knoblauchstränge doch zu viel.
Wimmernd tappt das Monster rückwärts, dann breitet es die Flügel aus und springt durch das Fenster ins Freie. Die Spanplatten zersplittern und Scherben klirren auf den Boden. Jacko sieht den Pterodactylus hoch über den Häusern in Richtung Osten verschwinden. Der Himmel ist jetzt dunkel, die Sonne ist untergegangen. Mit dem Vampir entweicht auch der Nebel durchs Fenster.

»Entwischt! Er ist mir wieder entwischt.« Gaspar richtet sich tau-

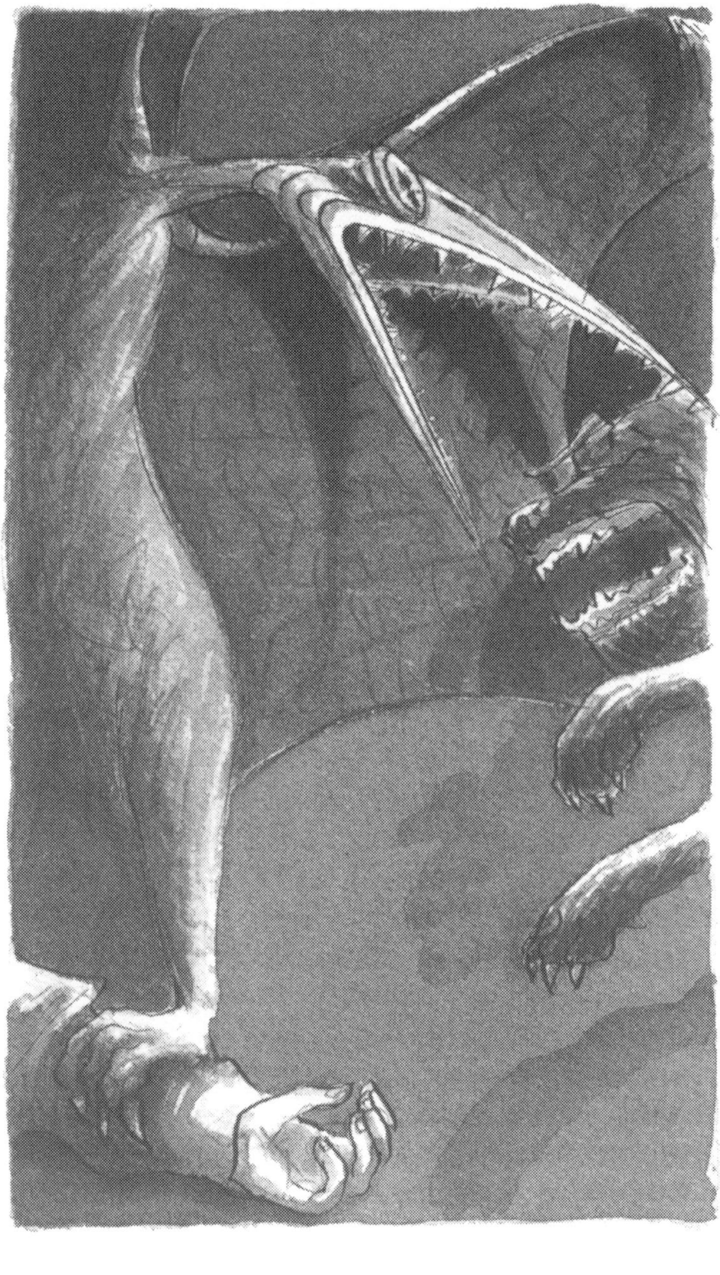

melnd auf. Niedergeschlagen betrachtet er das zerbrochene Fenster. Er hat eine hässliche Beule an der Schläfe. »Noch nie war ich ihm so dicht auf den Fersen.« Dann entdeckt er den leblosen Körper seines Hundes. Er kniet sich neben ihn und streichelt ihm den Kopf. Sein Gesicht ist vor Kummer ganz verzerrt. »Vladimir, mein treuer Freund, jetzt hat das Monster auch dich umgebracht. Meine Tochter, meine Frau und jetzt auch noch meinen Hund.« Seine Stimme ist tonlos. »Ich habe keine Tränen mehr. Aber ich werde dich rächen, das schwöre ich.«
Sara rappelt sich auf. Tränen stehen in ihren Augen.
Jacko starrt trübsinnig auf den Boden. Aber in seinem Kopf spukt noch immer das Bild des Pterodactylus herum.
Gaspar sieht die beiden besorgt an. »Zum Glück lebt ihr noch. Es hätte viel schlimmer kommen können.«
Sara fährt sich durchs Haar. Sie begreift erst jetzt, was geschehen ist. »Ich hab alles Mögliche erwartet, aber kein Skelett.«
»Und schon gar keinen Pterodactylus«, sagt Jacko. Seine Stimme klingt respektvoll. Er sagt es zwar nicht laut, aber für ihn war es eine unglaubliche Erfahrung, ein Wesen aus der Urzeit hautnah zu erleben. Am liebsten würde er es gleich noch einmal sehen.
»Ich weiß auch nicht, warum er diese Gestalt angenommen hat«, sagt Gaspar. »Vielleicht bedeutet es, dass der Vampir viel älter ist, als wir annehmen. Vielleicht stammt er sogar aus der Urzeit und geht in immer wieder andere Lebewesen über.« Er zuckt mit den Schultern. »Was soll's. Jedenfalls ist er weg. Aber wohin? Das ist die Frage.«
Plötzlich fühlt Jacko sich ganz komisch. Er nimmt seltsame Gerüche wahr und schmeckt Blut im Mund. Außerdem hört er ein Stimmengewirr, als würden hunderte Menschen in einem großen Saal durcheinander reden. Was in aller Welt geschieht mit mir?, denkt er. Ihm ist, als wäre sein Geist eine Antenne, die immer wie-

der Bruchstücke falscher Sendungen empfängt. Er reibt sich mit den Fingerspitzen die Schläfen, bis das merkwürdige Gefühl verschwunden ist.

Gaspar schlägt die Schreibtischplatte mit einem Knall zu. »Wenn ich nur wüsste, wo er hin ist.«

Jacko schaut zum Fenster hinüber. »Er ist in östlicher Richtung davongeflogen, das ist alles, was ich gesehen habe.«

»Östlich? Moment mal, gleich hab ich's.« Gaspar denkt fieberhaft nach.

»Das Theater«, sagt Jacko. »Er ist zum Theater geflogen.«

»Genau!« Gaspar haut mit der flachen Hand auf den Schreibtisch. »Zum Theater, klarer Fall! Um halb sechs sind alle Schüler dort im großen Saal versammelt. Und der Rektor wird ebenfalls anwesend sein.«

»Aber was kann er vorhaben?«, fragt Sara.

Gaspar sieht sie mit wildem Blick an. »Ich hab keine Ahnung. Aber es wird zweifellos etwas Schreckliches sein. Wenn wir ihn nicht außer Gefecht setzen, gibt es heute Abend womöglich dutzende von Opfern.«

Sie werfen einen letzten Blick auf Vladimir. »Schlaf gut, mein Alter«, sagt Gaspar. »Ich sorge dafür, dass du nicht umsonst gestorben bist. Die erste Runde ging an Varlok, aber die zweite gewinnen wir.« Er sieht auf seine Uhr. »Es ist jetzt Viertel nach fünf. Wir müssen vor halb sechs im Theater sein.«

Im Eiltempo verlassen sie das Schulgebäude und rennen über den Hof. Noch bevor Sara und Jacko in den Landrover gestiegen sind, hat Gaspar schon den Motor angelassen. Er braust los und die Reifen hinterlassen im Schnee eine dunkle Spur.

21. EINE WILDE FAHRT

Freitags sind die Geschäfte länger offen und auf den Straßen ist viel los. Überall wimmelt es von Autos, in denen Leute von der Arbeit nach Hause oder zum Einkaufen fahren. Der Alltag geht seinen Gang.

»Weg da, aus dem Weg!«, brummt Gaspar und überholt einen grünen Fiat. Er fährt ständig auf der linken Straßenseite und überholt ein Auto nach dem anderen.

Ab und zu, wenn ihnen ein Wagen entgegenkommt, muss er schnell nach rechts ziehen. Die Autos vor und hinter ihm hupen, aber das ist Gaspar egal. Mit verbissenem Gesichtsausdruck schert er wieder nach links aus. In einiger Entfernung sehen sie eine Ampel. Gaspar muss wieder nach rechts, um einem Fahrzeug auf der Gegenspur auszuweichen. Die Ampel wird gelb und ein blauer Käfer vor ihnen bremst.

»Weiterfahren, du Lahmarsch!«, schreit Gaspar, »Ich hab's eilig!«

Der Käfer hält an und die Ampel springt auf Rot.

Auf der linken Fahrbahn kommt ihnen nun ein endloser Strom Autos entgegen. Schneeflocken wirbeln im Licht ihrer Scheinwerfer. Gaspar wirft einen raschen Blick in den Rückspiegel, reißt das Steuer nach rechts und rumpelt auf den Bürgersteig. Der Wagen schleudert hin und her. Sara und Jacko werden von einer Seite auf die andere geworfen. Gaspars Tasche segelt über sie hinweg. Die Holzpflöcke fliegen durch die Gegend und knallen gegen die Scheiben. Wie durch ein Wunder werden Sara und Jacko nicht aufgespießt. Gaspar rast mit quietschenden Reifen über den Bürgersteig an der roten Ampel vorbei und biegt rechts ab. Dann lenkt er den Wagen wieder auf die Straße. Der Tachometer steht auf siebzig.

Hinter dem Landrover heult eine Sirene auf. Jacko dreht sich um. Auch das noch! Durch das Heckfenster sieht er ein blitzendes Blaulicht näher kommen. Gaspar hat es im Rückspiegel ebenfalls gesehen und flucht. Kurz darauf werden sie von einem weißen Volvo überholt. Aus dem Fenster winkt ein Arm mit einer Kelle. Der Volvo schert vor ihnen ein.

»So ein elender Mist!«, ruft Gaspar und schlägt mit der Faust auf das Lenkrad. Dann bremst er.

Zwei Polizisten in Uniform steigen aus dem Wagen. Im Licht von Gaspars Scheinwerfern kommen sie auf den Landrover zu. Der größere der beiden, ein dicker Mann mit behaarten Händen, klopft an die Seitenscheibe. Gaspar dreht das Fenster herunter. Schneeflocken wehen herein. Der andere Polizist zückt sein Notizbuch und schlägt es in aller Ruhe auf.

»Bei Rot über die Ampel, Überholen auf dem Bürgersteig und mit siebzig durch die Stadt«, sagt der große Polizist zu Gaspar. »Eine stattliche Bilanz. Sie möchten wohl um jeden Preis ins Guinnessbuch der Rekorde oder sind Sie ganz einfach ein Straßenrowdy?«

Er steckt den Kopf durchs Fenster und sieht Sara und Jacko auf der Rückbank, beide mit ein paar Holzpflöcken in der Hand. »Außerdem Gefährdung von minderjährigen Mitfahrern«, fügt er hinzu.

Gaspar fährt sich über die Stirn. Vor Zorn könnte er ins Lenkrad beißen. Er wirft einen raschen Blick auf seine Uhr. »Hören Sie bitte, Herr Wachtmeister: Ich bin kein Straßenrowdy. Normalerweise fahre ich so vorsichtig, dass mich sogar eine kurzsichtige Oma im Rollstuhl noch überholt, aber das hier ist ein Notfall. Meine beiden Kinder müssen um halb sechs im Theater sein. Sie treten in einem Stück auf, bei dem die gesamte Schule zuschaut. Es ist

das größte Ereignis ihres Lebens. Wenn wir um halb sechs nicht dort sind, ist es zu spät.«
Der Polizist betrachtet argwöhnisch die Holzpflöcke. »Was für ein Theaterstück soll denn das sein? Graf Dracula vielleicht?«
»Genau«, sagt Gaspar. »Die beiden spielen Vampirjäger.«
Kopfschüttelnd richtet sich der Polizist auf und sieht seinen Kollegen an.
»Mir ist wirklich schleierhaft, was die Kinder an diesen blutrünstigen Geschichten finden. Mein zwölfjähriger Sohn ist auch ganz versessen auf Vampirfilme.«
Verpiss dich endlich und quatsch nicht so viel, es ist fast halb sechs, denkt Jacko. Ich will den Pterodactylus noch mal sehen.
»Eigentlich ist das nicht erlaubt«, sagt der große Polizist. »Sie haben so ziemlich alle Verbote übertreten. Ich sollte Sie aufs Revier mitnehmen, aber dann wäre Ihren beiden Vampirjägern der Abend verdorben.« Er trommelt mit den Fingern auf das Autodach.
»Dieses eine Mal lasse ich Gnade vor Recht ergehen, aber wenn ich Sie noch mal erwische, dann . . .«
»Tausend Dank, Herr Wachtmeister.« Gaspar ist weg, bevor der Polizist seinen Satz zu Ende gebracht hat. Er fährt brav fünfzig, bis sie um die Ecke sind. Dann gibt er Vollgas und kurz darauf halten sie vor dem Theatereingang. Es ist eine Minute vor halb sechs. Die Vampirvorstellung kann jeden Moment anfangen.

22. Sara verschwindet

Die Glastüren des Theaters schwingen auf und die drei Vampirjäger rennen ins Gebäude. Im Foyer ist es totenstill. Der dicke Teppich dämpft ihre Schritte.

Das Foyer geht in einen großen Raum über, in dem die Bar sowie viele kleine Tische und Stühle stehen. In der Mitte ragt ein riesiger Weihnachtsbaum bis zur Decke empor. Farbige Lichtchen beleuchten den dämmrigen Raum. Hinter dem Baum führt eine breite Treppe zur oberen Etage. Von dort aus erreicht man die Balkonplätze. Ein Stück neben der Treppe befindet sich eine Doppeltür, hinter der sie Stimmengemurmel hören. Jacko kommt das Geräusch bekannt vor; er hat es vorhin bereits gehört. Jetzt ist allerdings keine Zeit, sich darüber Gedanken zu machen. Hinter der Tür liegt der große Saal, in dem die Aufführung stattfinden soll. Aber die Tür lässt sich nicht öffnen.

»Abgeschlossen«, brummt Gaspar. »Varlok hat den Saal abgeschlossen, damit niemand entkommen kann.«

»Gibt es sonst noch einen Zugang zum Saal?«, fragt Sara.

Jacko überlegt. »Oben über den Balkon, aber dann sind wir zu weit vom Podium entfernt. Schließlich können wir nicht fliegen so wie Varlok.«

»Es muss doch auch einen Bühneneingang geben«, sagt Gaspar ungeduldig.

»Ja, das stimmt. Hinter der Bar ist die Küche und von dort aus kommt man zu den Garderoben«, sagt Jacko. »Da war ich schon mal.«

Rasch laufen sie um die Bar herum, doch dann gehen plötzlich alle Lichter aus. Auch die Weihnachtsbaumbeleuchtung erlischt. Mit einem Schlag ist es stockfinster. Gaspar schimpft vor sich hin und wühlt in seiner Tasche. Es klickt und der Strahl seiner Taschenlampe durchschneidet die Dunkelheit. Im nächsten Augenblick gehen alle Lichter wieder an. Offenbar war es nur ein kurzer Stromausfall.

»Schnell, zum Bühneneingang!«, ruft Gaspar. Jacko schaut sich um. Wo ist Sara eigentlich geblieben? Sie ist nicht mehr da.

»Gaspar, Sara ist weg.«

Der Vampirjäger dreht sich um. »Auch das noch!« Unschlüssig lässt er den Blick durch den Raum schweifen. Das Gemurmel im Saal wird leiser. »Wir haben keine Zeit, nach ihr zu suchen«, sagt Gaspar. »Gleich fängt die Vorstellung an und Varlok muss da drin sein. Vielleicht hat Sara im letzten Moment Angst bekommen und ist nach Hause gegangen.« Er seufzt schwer, als wäre er auf einmal sehr müde. »Nach dem grässlichen Spektakel im Rektorat kann ich ihr das nicht verdenken.«

Jacko kann das nicht glauben. Es ist nicht Saras Art, im letzten Moment abzuhauen. Sie hat schließlich bewiesen, dass sie ganz schön Mumm hat. Es muss einen anderen Grund geben. Vielleicht treibt Varlok ein Spiel mit ihnen und hat Sara in seine Gewalt gebracht. Bei diesem Gedanken packt ihn die kalte Wut.

»Wir müssen weiter, Jacko«, sagt Gaspar leise. »Wenn du auch lieber gehen willst, verstehe ich das. Ihr habt mir schon so viel geholfen.«

»Ich denke nicht im Traum daran«, sagt Jacko.

Ohne Sara verlässt er das Theater auf gar keinen Fall. Außerdem steht ihm das Bild des Pterodactylus noch immer lockend vor Augen. »Ich komme mit.«

Sie rennen durch die Küche und kommen in einen schmalen Flur. Hier hört man das Stimmengemurmel aus dem Saal wieder lauter.

Auf der rechten Seite sind die Türen zu den Garderoben, die Tür links führt zur Bühne. Gaspar legt die Hand auf die Klinke des Bühneneingangs. Entschlossen macht er die Tür auf und sie gehen über die Schwelle.
Nun befinden sie sich seitlich hinter der Bühne. In der Dunkelheit sieht Jacko Herrn Lobit hinter den Kulissen stehen. Er bemerkt ihn und Gaspar nicht, weil er angestrengt auf die Bühne starrt.
Das Podium wird von einem einzigen blauen Scheinwerfer beleuchtet. Der Lichtkegel ist von oben auf den Sarg in der Mitte gerichtet. Jacko sieht, dass Damian Valen und ein paar weitere Jungen als Vampire verkleidet neben dem Sarg stehen. Das Bühnenbild besteht aus verfallenen Mauern, künstlichen Spinnweben und ein paar Grabsteinen aus Pappmaschee. Es wirkt richtig schaurig. »Ich wette, Varlok liegt im Sarg«, flüstert Gaspar.
Ihnen bleibt keine Zeit, Herrn Lobit zu warnen, denn plötzlich bewegt sich der Sargdeckel. Ganz langsam öffnet er sich und umhüllt von Nebelschwaden steigt der Rektor aus dem Sarg. Schade. Er ist kein Pterodactylus mehr, denkt Jacko. Einen Moment lang ist er richtig enttäuscht. Dann beginnt auf einmal Herr Lobit begeistert zu applaudieren. Anscheinend hält er das Ganze für einen gelungenen Gag. Die Zuschauer im Saal klatschen mit.
Verrückt, denkt Jacko.
Dann wird es im Saal mäuschenstill. Der Rektor steht jetzt neben dem Sarg. Um seine Füße ringeln sich Nebelschwaden. Mit lauter Stimme wendet er sich an das Publikum.
»Liebe Kinder«, sagt er. »Es ist so weit. Ihr alle wisst, weshalb ihr hier seid. Wegen des Vampirstücks. Was ihr aber nicht wisst, ist, dass noch jemand fehlt. Nämlich der Hauptdarsteller unseres wunderschönen Theaterstücks.«

»Was führt er im Schilde?«, flüstert Jacko. »Alle sehen doch, dass Damian auf der Bühne steht, und der spielt doch die Hauptrolle.«
Gaspar schüttelt nur den Kopf. Hasserfüllt blickt er auf den Vampir in Gestalt des Rektors.

Der Rektor tritt mitten ins Scheinwerferlicht. »Jetzt ist es an der Zeit, die Masken fallen zu lassen«, sagt er. Sogleich steigt um ihn herum wieder Nebel auf. Als dieser sich lichtet, steht Varlok in seinem schwarzen Mantel da. Glänzendes schwarzes Haar wellt sich über seiner hohen Stirn. Sein Gesicht wirkt wie aus Marmor geschnitten, hart und kreideweiß, mit breiten Wangenknochen. Die Augen sehen wie zwei riesige Blutstropfen aus und die langen Eckzähne blitzen im Licht des Scheinwerfers.

So also sieht er aus, denkt Jacko.

»Und nun möchte ich den Hauptdarsteller auf die Bühne bitten«, sagt der Vampir mit zischender Stimme. Er dreht sich um und fixiert Jacko mit blutunterlaufenen Augen. »Zeig dich, Jacko!«

23. DIE VORSTELLUNG

Ich träume wohl, denkt Jacko. So was gibt's doch nicht. Das muss ein Traum sein.

Der Vampir streckt seine Klauenhand aus und winkt Jacko gebieterisch heran. »Heute«, sagt er, »wird Jacko der Bruderschaft der Vampire beitreten.«

Die verkleideten Vampire auf der Bühne stehen reglos da und sehen zu. Aus dem Saal kommt kein Laut. Offenbar glauben alle, das gehöre zum Stück.

Eine namenlose Angst überfällt Jacko. Er will fliehen, ist aber wie gelähmt.

Plötzlich springt Gaspar mit einem Holzpflock in der Hand nach vorn. »Es ist aus, Varlok! Jetzt fährst du für alle Zeiten zur Hölle!«

Der Vampir ist nicht im Mindesten verwundert. Amüsiert sieht er Gaspar an. »Sieh an, der Herr Vampirjäger. Du hattest ebenfalls eine Rolle in meinem Stück, aber die ist jetzt erfüllt. Du hast den Jungen hierher gebracht. Das war genug.«

Seine Klaue schließt sich um Gaspars Handgelenk. Für kurze Zeit stehen sich die beiden Todfeinde reglos gegenüber. Nur am Zittern ihrer Hände sieht man, dass hier eine ungeheure Kraftprobe stattfindet. Sie sehen einander in die Augen und ihre Blicke kreuzen sich wie Schwerter. Der Vampir hat übermenschliche Kräfte. Auf seinem Gesicht liegt ein eiskaltes Lächeln. Gaspars Hand festzuhalten kostet ihn offenbar keinerlei Anstrengung. In Gaspars maskenhaft verzerrtem Gesicht malen sich Schmerz und Wut. Nur der Hass, seine Triebfeder, hält ihn noch aufrecht.

»Gib auf, Vampirjäger«, grinst Varlok. In seinen Augen scheint

ein Feuer aufzulodern. In diesem Moment bricht Gaspar unter der Übermacht des Vampirs zusammen. Er stößt einen Schmerzensschrei aus. Der Pflock entgleitet seiner Hand und Gaspar geht ächzend zu Boden.
»Gaspar!«, schreit Jacko. Er wirft verzweifelte Blicke in den Saal. Warum tut niemand was? Er sieht die dunklen Umrisse der Zuschauer. Unbeweglich sitzen sie auf ihren Plätzen. Schüler wie Lehrer. In der Dunkelheit sieht Jacko ihre Augen rot aufglühen. Das darf nicht wahr sein!, denkt Jacko. Ungläubig wendet er sich den Darstellern auf dem Podium zu. Reglos stehen sie in ihren Vampirkostümen da. Damian Valens mattrote Augen sagen genug. Alle!, denkt Jacko fassungslos. Alle sind mit dem Vampirvirus infiziert. Er hat sie alle in seiner Gewalt.
Gaspar liegt völlig erschöpft auf dem Podium. Er rührt sich nicht mehr.

»Und nun zu dir, Jacko. Denn dies war lediglich der Auftakt zum Stück«, sagt Varlok. Er lächelt Jacko wie ein freundlicher Onkel an. »Jetzt kommen wir zum Hauptteil. Zu der Szene, in der der Hauptdarsteller sein wahres Wesen entdeckt und für immer zum Vampir wird.«
Langsam geht er auf Jacko zu, ohne mit den Füßen den Boden zu berühren.
Steif vor Angst sieht Jacko den Vampir näher kommen.
»Nein!«, schreit er mit kraftloser Stimme. »Ich will kein Vampir werden! Lass mich in Ruhe, du Monster!«
»Tsss, tsss, was für Ausdrücke!«, rügt Varlok. »Und das, obwohl gerade du alle Voraussetzungen hast, ein richtiger Vampir zu werden. Wir sind Blutsbrüder, wusstest du das nicht? Du hast doch meine Gedanken aufgefangen, als ich dich hierher gerufen habe, nicht wahr?«

Dieses Ungeheuer hat seine abscheulichen Gedanken in meinen Kopf projiziert, denkt Jacko voller Entsetzen. Deshalb also hab ich so merkwürdige Dinge gedacht, als wir durch die Schule gegangen sind.
»Nun mach nicht so ein Gesicht«, sagt Varlok munter. »Schließlich bemühe ich mich nach Kräften dir die Sache schmackhaft zu machen. Wie hat dir der Pterodactylus gefallen? Diese Gestalt habe ich speziell für dich angenommen. Ein netter Lockvogel, findest du nicht? Deine Mutter hat mir gestern Abend gesagt, dass du auf prähistorische Tiere ganz versessen bist.«
Er hat alles gewusst!, denkt Jacko. Er hat auch gewusst, dass wir ihm auf der Spur sind. Das Ganze ist ein ausgeklügelter Plan, um mich zu kriegen. Aber warum?
Varlok bemerkt Jackos Bestürzung und grinst.
»Übrigens, ich habe noch eine hübsche Überraschung für dich.«
Er schnippt mit den Fingern und aus den Kulissen kommen vier Gestalten hervor. Die Sonnenbrillenvampire mit Sara in ihrer Mitte. Saras Gesicht ist aschfahl.
»Da staunst du, was?«, sagt Varlok strahlend. »Hier kommt die Leckerei der Woche. Sobald du ein richtiger Vampir bist, bekommst du sie. Sie ist sozusagen deine erste Mahlzeit.« Ein teuflisches Lächeln huscht über sein Gesicht.

Jacko sieht Saras angsterfüllten Blick. Niemals!, denkt er. Ich muss Sara retten, und wenn es mein eigenes Leben kostet. Neben ihm auf dem Boden steht Gaspars Tasche. Jacko sieht, dass noch eine Menge Pflöcke darin sind. Blitzschnell bückt er sich und ergreift einen davon.
»Fahr zur Hölle, du Mistvampir!«, schreit er und reißt den Pflock hoch, um Varlok zu durchbohren.
Varlok schüttelt milde lächelnd den Kopf.

Eine Hand packt Jacko von hinten an der Schulter und der Pflock poltert auf den Boden. Jacko dreht sich um und steht Herrn Lobit gegenüber. Seine Augen sind gelb wie die einer Katze und er hat lange spitze Zähne. »Das würde ich lieber sein lassen, Jacko«, sagt er. Er versetzt der Tasche einen Tritt und die restlichen Pflöcke rollen über die Bühne.
»Sie . . . Sie also auch?«, stammelt Jacko.
»Aber sicher«, sagt Varlok strahlend. »Lobit ist ein hervorragender Mitarbeiter. Er hat eine ganz besondere Eigenschaft: Er kann sich tagsüber ohne jede Einschränkung bewegen. Das können nur wenige Vampire und Lobit ist solch eine seltene Ausnahme. Er ist ein Halbvampir und erledigt all das, worum ich mich tagsüber nicht selbst kümmern kann. Nicht wahr, Lobit?« Der Spezialvampir nickt unterwürfig. Seine Hand umklammert noch immer Jackos Schulter.
»Jetzt aber los!« Varlok schubst Jacko in die Mitte des Podiums, wo Sara auf den Knien liegt. Die Sonnenbrillenvampire hinter ihr drehen ihr die Arme auf den Rücken.
Die Zuschauer im Saal und die verkleideten Vampire auf der Bühne sehen ungerührt zu. Nichts von dem Geschehen scheint sie zu beeindrucken. Lobit zwingt auch Jacko auf die Knie. Er drückt seinen Kopf zur Seite, sodass der Hals frei liegt.
Varlok beugt sich zu Jacko herab. Seine Augen glühen wie im Fieber und er leckt sich über die spitzen Eckzähne.
»So lauten die Spielregeln, Jacko: Ich werde dich jetzt beißen und daraufhin wirst du sofort zum Vampir. Anschließend beißt du das Mädchen und damit bist du in die Bruderschaft der Vampire aufgenommen.«
Jacko dreht und windet sich, aber Lobit hält ihn ohne jede Anstrengung fest.
Sara starrt ihn mit angsterfüllten Augen an. Tränen kullern ihr

über die Wangen. Hinter ihr sieht Jacko die bleichen Gesichter der Sonnenbrillenvampire. Sie rempeln einander an und grinsen erwartungsvoll. Aus dem Saal starren lauter rote Augen auf die Bühne. Gaspar gibt noch immer kein Lebenszeichen von sich. Jetzt ist alles verloren, denkt Jacko.
»Mach dich bereit, Jacko!«, zischt Varlok. Er legt den Kopf in den Nacken und zieht die Lippen zurück. Sein Gebiss wird so groß wie das eines Pavians. Es scheint Funken zu sprühen.

Schwere Schläge zerreißen die Stille. Es poltert und rumpelt an der großen Saaltür und man hört aufgeregte Stimmen. Irritiert blickt Varlok zur Seite. Er ist in seiner Konzentration abgelenkt. Was ist das für ein Radau? Wieder dröhnen schwere Schläge durch den Saal. Plötzlich zersplittert die Saaltür. Durch die Öffnung fällt Licht und schattenhafte Gestalten drängen herein. Alarmglocken schrillen und im Dunkeln blinken rhythmisch Lichter auf. Ein Funken Hoffnung glimmt in Jacko auf. Lobit starrt verblüfft in den Saal.
Durch den Mittelgang nähert sich ein merkwürdiges Grüppchen. Männer mit Baskenmützen, Pfeifen und Zigarren. Frauen in geblümten Kleidern, manche mit komischen Hüten auf dem Kopf. Ganz hinten fährt Valerian, der Fledermausfänger, in seinem blinkenden Rollstuhl. Jacko erkennt Frau Achterhaus, die Putzfrau. Sie schwenkt das Beil, mit dem sie die Tür eingeschlagen hat. Und an der Spitze des Zuges geht Opa! Das Seltsamste aber ist, dass die alten Herrschaften allesamt kein Gebiss tragen. Nicht ein Einziger.
»Opa!«, schreit Jacko.
Sara hört die Erleichterung in seiner Stimme und hebt den Blick.
»Wer ist das?«, flüstert sie.
»Opa und der FVT.«

Einen Moment lang ist Varlok völlig aus dem Konzept gebracht. Dann bricht er in schallendes Gelächter aus. »Nun sieh dir das an!«, sagt er zu Lobit. »Jetzt hetzen sie sogar schon Rentner auf mich.« Er richtet sich zu voller Größe auf.
Die alten Männer und Frauen gehen an den reglos dasitzenden Zuschauern vorbei auf die Bühne zu. Sie haben alle etwas langes Gebogenes unter dem Arm.
»Was wollt ihr Tattergreise hier?«, sagt Varlok spöttisch. »Wir sind mitten in einer Aufführung. Die Kaffeerunde vom Altersheim ist woanders.«
Die seltsame Gruppe bleibt auf dem Mittelgang stehen. Opa sieht den Vampir furchtlos an.
»Wir sind keine gewöhnlichen Rentner, Varlok«, sagt er. »Wir sind die Furchtlosen Vampirtöter.« Im nächsten Moment hat Opa einen Bogen in der Hand. Blitzschnell legt er einen Pfeil ein, zielt auf das Herz des Vampirs und lässt die Sehne los. Der Pfeil schwirrt auf das Podium zu. Bevor sich Varlok von seiner Überraschung erholen kann, bohrt sich der Pfeil in seine Brust. Im gleichen Augenblick spannen die anderen Alten ihre Bogen. Ein wahrer Regen von Holzpfeilen zischt auf die Bühne zu. Frau Achterhaus lässt die Sehne los und Lobit stürzt mit einem Pfeil im Hals zu Boden. Valerian, der Fledermausfänger, schießt von seinem Rollstuhl aus mit einer Armbrust. Die drei Sonnenbrillenvampire fallen um wie Bauklötze. Innerhalb kürzester Zeit sind alle Vampire zur Strecke gebracht.
Jacko rappelt sich in aller Eile auf. Er hilft Sara beim Aufstehen und nimmt sie in die Arme.
Über ihre Schulter hinweg schaut er zu Varlok hinüber. Der Vampir stolpert und schwankt über die Bühne. Seine Klauen zerren an dem Pfeil in seiner Brust. Aus seiner Nase quillt Rauch und die Haut schmilzt einfach weg. Es ist, als würde er innerlich verbrennen.

Lobit liegt in seltsam verkrümmter Haltung auf dem Rücken. Seine Arme schrumpfen in den Ärmeln zusammen, ebenso die Beine in den Hosenbeinen. Nichts außer einem Häufchen Kleider bleibt von ihm übrig. Von den Sonnenbrillenvampiren sind nur noch die Stiefel und die Sonnenbrillen da. Sie haben sich buchstäblich in nichts aufgelöst.
Varloks Todeskampf dauert länger. Seine Haut ist inzwischen vollständig weggeschmolzen. Er hat sich in ein Skelett verwandelt, das sich klappernd über die Bühne wälzt. Immer noch versucht er krampfhaft den Pfeil aus seiner Brust zu ziehen. Schwarze Rauchwolken kommen zwischen den Knochen hervor. Schwefelgestank erfüllt den Saal. Auf einmal gibt es einen enormen Knall. Der Vampir explodiert regelrecht. Seine Knochen und Rippen zersplittern und hunderte kleiner Teilchen fliegen durch den Raum. Der Schädel wird in die Luft katapultiert, fliegt von der Bühne und landet mit einem dumpfen Aufprall genau vor Opa. Dieser hebt einen Fuß und setzt ihn auf den kahlen, schimmernden Totenkopf, in dem noch die Vampirzähne zu sehen sind.
Dem Schädel entringt sich ein hasserfüllter Schrei – Varloks letzter Schrei. Er wird schwächer und schwächer wie der Schrei von jemandem, der in einen Abgrund stürzt. Dann zerfällt der Schädel zu Staub.
»Ich hab's ja gesagt«, wendet sich Opa an Frau Achterhaus, die ihm verliebte Blicke zuwirft. »Pfeile aus Eschenholz, damit kriegst du jeden Vampir klein. Ein Kinderspiel.«

Jacko und Sara rennen von der Bühne herab zu Opa hin. Die übrigen Mitglieder des FVT lächeln und beglückwünschen sich gegenseitig zu ihrem Erfolg. Auf dem Podium kommt Gaspar wieder zu sich. Er stöhnt. Als er sieht, was passiert ist, rollen ihm Freudentränen über die Wangen. »Endlich, jetzt kann ich vor Freude weinen«, schnieft er. »Meine Frau, mein Töchterchen und Vladimir sind gerächt.«

Allmählich kommt Leben in den Saal. Man hört Geschrei, erstaunte Rufe. Alle scheinen aus einem Traum zu erwachen. Die verkleideten Vampire auf der Bühne sehen sich verwundert um. Keiner begreift, was eigentlich geschehen ist. Nun, da Varlok vernichtet ist, stehen sie nicht mehr in seiner Macht. Alle Schüler sind mit einem Schlag von dem Vampirvirus geheilt. So hat die Vampirvorstellung für alle ein Happyend. Der Vampirkönig ist vernichtet – für immer.

Es sei denn ...

24. DIE VAMPIRLINIE

Jacko liegt im Dunkeln auf seinem Bett. Es ist spät in der Nacht, aber er ist hellwach, denn er muss über so vieles nachdenken.

Als alle im Theater noch in heller Aufregung waren, ist er mit seinem Opa und mit Sara hinausgeschlichen. Vor dem Theater haben sie ein Taxi genommen. Sara war noch etwas durcheinander, aber sie hatte schon wieder ein wenig Farbe im Gesicht.

»Ich kann einfach nicht glauben, dass das alles tatsächlich passiert ist, Jacko«, sagte sie mit gerunzelter Stirn.

»Ich auch nicht, Sara, aber jetzt ist es vorbei. Denk einfach, es wäre ein böser Traum gewesen.« Sie umarmten einander auf dem Rücksitz des Taxis. Opa schielte kichernd zu ihnen nach hinten.

Nachdem sie Sara abgesetzt hatten, brachte das Taxi Jacko und seinen Opa nach Hause. Mutter schlief und ahnte nichts von all dem Schauerlichen. Am frühen Nachmittag hatte sie sich mit einer Grippe ins Bett gelegt.

Sie saßen im Schein der Stehlampe. Opa sprach mit leiser Stimme. »Der FVT ist ein Verein von Vampirjägern, das hast du inzwischen wohl mitgekriegt, Jacko.«

Jacko nickte. Er hatte das Ganze noch nicht richtig verdaut.

»Wir sind eine Truppe alter Sonderlinge, die sich geschworen haben, die Bevölkerung vor Vampiren zu schützen.« Opa kicherte, als wäre das Ganze ein guter Witz. »Als Varlok sich in unserer Stadt niederließ, ist uns das nicht lange verborgen geblieben. Wir haben überall unsere Spione.«

»Zum Beispiel Frau Achterhaus«, sagte Jacko.
»Genau«, sagte Opa. »Ich begann zu vermuten, dass Varlok es auf dich abgesehen hatte.«
»Warum hast du denn nichts gesagt?«, rief Jacko. »Ich dachte schon, du wirst langsam senil.«
»Der FVT arbeitet grundsätzlich im Geheimen«, sagte Opa streng. »Nur deshalb haben wir jahrelang unseren Kampf führen können, ohne dass wir in der Klapsmühle gelandet sind. Sogar der eigenen Familie gegenüber müssen wir schweigen wie ein Grab.«
»Weshalb hast du gedacht, dass er hinter mir her ist, Opa?«
Opa räusperte sich. »Nun ja, das hat mit unseren rumänischen Vorfahren zu tun. Wir sind sozusagen anfällig dafür so wie andere Leute gegen Zugluft. Ein Vampirbiss reicht bei uns aus, damit wir augenblicklich und für immer zu Vampiren werden. Andere Menschen müssen erst sterben, bevor sie sich in Vampire verwandeln, aber bei uns ist sozusagen jeder Biss ein Treffer.«
»Du meinst also . . .«
Opa nickte. »In unserer Familie gibt es eine Vampirlinie. Und das hat seinen Grund: Varlok ist nämlich unser Stammvater.«
Jacko fallen vor Überraschung fast die Augen aus dem Kopf.
»Und das ist noch nicht alles«, sagte Opa. »Dein Vater war ebenfalls ein Vampir. Er ist nicht auf See umgekommen, sondern von einem Vampirjäger getötet worden.« Opa sah Jacko traurig an. »Das hat auch sein Gutes, denn sonst hätte ich selber ihn töten müssen.«
»Weiß Mutti davon?«, flüsterte Jacko. Opa schüttelte energisch den Kopf. »Deine Mutter ist eine nüchterne Frau. Sie ahnt nichts von der Vampirlinie in unserer Familie. Und das soll auch so bleiben.« Er beugte sich zu Jacko herüber. »Varlok wollte dich

heute an deinem dreizehnten Geburtstag zu seinem Kronprinzen machen, verstehst du? Deshalb hat er solch ein Tamtam veranstaltet. Im Theater, vor Publikum. Du darfst nicht vergessen, dass er einst ein Edelmann war und auf Pracht und Prunk großen Wert legt.«

»Du hast mich also benutzt, um ihn in die Falle zu locken!«, rief Jacko.

»Pst, nicht so laut, sonst weckst du deine Mutter auf«, flüsterte Opa. »Es war die einzige Möglichkeit, ihn zu erwischen. Schließlich ahnten wir nicht, wer er war. Erst als er eines Abends als Rektor vor unserer Tür stand, wusste ich Bescheid. Ich hab von der Küche aus gelauscht, als deine Mutti sich mit ihm unterhalten hat, aber ich konnte nichts tun. An dem Abend haben wir dann im FVT eine Krisensitzung einberufen und beschlossen, ihn während der Vorstellung auszuschalten. Frau Achterhaus hatte ausgezeichnete Arbeit geleistet. Wir waren über alles informiert, was an der Schule vorging.«

Jacko sah seinen Opa lange an. »Wenn ihr zu spät gekommen wärt und er mich gebissen hätte . . .«

Opas Blick wurde hart. »Dann, Jacko, hätte ich dich töten müssen.« Gleich darauf hellte sich seine Miene wieder auf. »Aber darüber solltest du dir nicht den Kopf zerbrechen, Jacko. Es ist gut ausgegangen, der Vampir ist vernichtet. Du gehst jetzt am besten ins Bett.«

»Eins möchte ich noch wissen, Opa«, sagte Jacko nachdenklich. »Warum haben die Mitglieder des FVT keine Zähne?«

Opa warf Jacko einen schalkhaften Blick zu. »Das, mein Lieber, ist das allergrößte Geheimnis des FVT. Wir sind alle Exvampire, die vom Vampirdasein die Nase voll hatten. Wir haben uns die Zähne ziehen lassen und eine Art Entziehungskur für Vampire gemacht. Knoblauchtherapie, Weihwasserkuren und so weiter. Danach haben wir geschworen, nie mehr ein Gebiss zu tragen und Zeit unseres Lebens gegen Vampire zu kämpfen.«

»Du also auch . . .?«

»Jawohl«, grinste Opa. »Ich war früher auch ein Vampir. Eigentlich bin ich hundertachtzig Jahre alt«.

KEINE GUTE IDEE?

Mein Verleger heißt Richard. Oft hat er gute Ideen, manchmal auch weniger gute.
Ich will mit einer guten Idee beginnen. Vor nicht allzu langer Zeit schlug er mir vor, zum *Gruselbus 1* eine CD-ROM zu machen. Das fand ich von Anfang an eine hervorragende Idee. Wir haben hart gearbeitet und inzwischen ist die CD-ROM fertig. Jede Menge Kinder haben Spaß daran. Ich auch. Das war also eine super Idee von Richard.

Vor zehn Jahren rief er mich mit einer ganz anderen Idee an. Er wollte eine Buchreihe zu unterschiedlichen Themen machen.
»Willst du ein Buch über Ponys schreiben?«, fragte er mich.
Ich brauchte nicht lange zu überlegen. Diese Idee fand ich völlig daneben.
»Hast du sie noch alle?«, fragte ich ihn. »Lieber schreibe ich ein Buch über Vampire.«
»Auch gut«, sagte er zu meiner Überraschung.
Ich machte mich sofort an die Arbeit und schrieb eine Vampirgeschichte, die ich schon ziemlich lange im Kopf hatte.
Pah, ein Buch über Ponys, dachte ich. Du wirst dich wundern ...
Mein Buch handelte von einem Vampir, der sich in eine Schule

eingeschlichen hatte. Als Vorbild musste mein früheres Gymnasium herhalten. Als ich beschrieb, wie die handelnden Personen durch die Flure gingen, sah ich vor meinem inneren Auge die Flure meiner alten Schule.
Bis dahin, also bis vor zehn Jahren, hatte ich immer ziemlich dünne Bücher geschrieben. *Die Stunde des Vampirs* war mein erstes dickeres Buch. Außerdem war es mein erstes echtes Gruselbuch. Es hat mich Blut, Schweiß und Tränen gekostet, denn ich wollte es so gruselig wie nur möglich machen. Wenn ich ein Buch schreibe, versuche ich meist in die Haut meiner Geschichtenfiguren zu schlüpfen, ich versuche wie sie zu sein.
Du kannst dir bestimmt vorstellen, dass so was nicht ganz ungefährlich ist, wenn man ein Buch über Vampire schreibt. Meine Frau hat mich denn auch ab und zu recht misstrauisch angesehen. In dieser Zeit hat sie beim Kochen ungewöhnlich viel Knoblauch verwendet.

Selbstverständlich habe ich das Buch nachts geschrieben. Oft habe ich so lange am Schreibtisch gesessen, bis das erste Morgenlicht durch mein Dachfenster hereinfiel. Da war es dann meist halb sechs Uhr morgens und höchste Zeit, in den Sarg – pardon! – ins Bett zu kriechen.

Es ist jetzt also zehn Jahre her, dass ich *Die Stunde des Vampirs* geschrieben habe, und ich freue mich sehr darüber, dass dieses Buch nun auch – endlich – ins Deutsche übersetzt wurde. Die vielen Leserbriefe aus Deutschland zeigen mir, dass ich auch dort viele Fans habe, die sicherlich viel Spaß daran haben werden, meinen *ersten* Gruselroman zu lesen.

Während ich dies hier schreibe, kommt mir in den Sinn, dass

mein Verleger Richard doch eigentlich sehr schlau ist. Sogar seine schlechten Ideen sind eigentlich gute Ideen. Hätte er mich nicht gefragt, ob ich ein Buch über Ponys schreiben wolle, hätte ich wohl niemals mit Gruselbüchern angefangen . . .

10. Januar 1999
0 : 25 Uhr

Grusel & Co
DER CLUB

»WER MUT HAT, IST WILLKOMMEN«

Möchtest du auch Mitglied bei Grusel & Co – der Club werden? Du erhältst einen Grusel & Co-Mitgliedsausweis und außerdem regelmäßig kostenlose Insiderinformationen über unsere Gruselautoren und -bücher sowie über das Neueste aus der Welt der Vampire, Hexen und Monster.
Fülle einfach das Anmeldeformular hinten im Buch aus und schicke es an folgende Adresse:

Arena Verlag
Stichwort: »Grusel & Co – DER CLUB«
Postfach 5169
97001 Würzburg

Vielleicht hast du auch Lust uns zu schreiben, welche Bücher von Grusel & Co du schon gelesen hast und wie sie dir gefallen haben?! Bei welchen Geschichten kriegst du eine Gänsehaut? Worüber sollen unsere Gruselautoren als Nächstes schreiben?
Wir freuen uns sehr über deine Post!

Na? Hast du Mut??
. . . dann HERZLICH WILLKOMMEN!!

JA, ICH HABE MUT!!

Ich möchte Mitglied bei Grusel & Co – DER CLUB werden. Bitte schickt mir meinen Mitgliedsausweis und kostenlose Insider-Informationen über eure Gruselautoren und Bücher an die folgende Adresse:

Vor- und Nachname: Lisa Bargon

Straße und Hausnummer: Alte Str. 14

Postleitzahl und Ort: 61118 Bad Vilbel

Mein Geburtstag und -jahr: 18.03.1989

Durch die Mitgliedschaft bei Grusel & Co – DER CLUB gehe ich keinerlei Verpflichtung ein. Ich kann jederzeit kündigen. Eine Mitteilung auf einer frankierten Postkarte genügt.

Datum: ______________________

Unterschrift des Mitglieds: ______________________

Unterschrift eines Elternteils: ______________________

Grusel & Co
DER CLUB

Paul van Loon

Voodoo in der alten Villa

Drei Monate bei der sauertöpfischen Tante Dina und dem langweiligen Onkel Nathan: Keine schönen Ferien für Louisa! Aber dann passieren unheimliche Dinge. Der Rauch von Onkel Nathans Zigarre formt sich zu einem Totenschädel. Mitten im August liegt der Garten der Villa tief im Schnee. Und eine fremde Frau taucht auf, die sich urplötzlich wieder in Luft auflöst. Louisa merkt, dass Onkel und Tante etwas vor ihr verbergen. Sollte sie nicht besser so schnell wie möglich aus dem Haus ihrer Verwandten verschwinden?

160 Seiten. Broschur. Ab 10 Jahren

Arena

Grusel & Co.
DER CLUB

Paul van Loon

DER GRUSELBUS

»Wer Mut hat, ist willkommen« heißt es in der Einladung zu einer Fahrt mit dem Gruselbus. Annabel ist gespannt. Denn der mysteriöse Schriftsteller Onnoval verspricht, zehn »wahre« Gruselgeschichten zu erzählen. Klar, dass die ganze Klasse sofort mit dabei ist. Annabel beschleicht jedoch schon beim Anblick des furchterregenden Busfahrers ein beklemmendes Gefühl. Warum nimmt dieser Herr Knochenbauer die Totenschädel-Maske nicht ab? Und was soll der plötzliche Abstecher über den Friedhof? Es dauert nicht lange, da wittert selbst der sonst so vernunftsbetonte und keineswegs ängstliche Klassenlehrer Herr Bakker, dass dieser Bus ein unfassbares Geheimnis in sich birgt.

176 Seiten. Gebunden. Ab 10

Arena